LE CHEVALIER DE TERRE-NOIRE

TOME 1

COLLECTION

PLURIEL

MICHEL HONAKER
L'ADIEU AU DOMAINE

RAGEOT-ÉDITEUR

Collection dirigée par Caroline Westberg

Couverture : Gilbert Raffin
ISBN 2-7002-0466-2
ISSN 1142-8252

© RAGEOT-ÉDITEUR – PARIS, 1994.
Tous droits de reproduction, de traduction et d'adaptation réservés
pour tous pays. Loi n°49-956 du 16-07-1949 sur les publications destinées
à la jeunesse.

CONSEIL DE FAMILLE

Journal intime d'Anna Danilov.

St Pétersbourg, 15 janvier 1887

La neige a cessé. Ces derniers jours, elle est tombée sans discontinuer. Les rues ne sont plus que bourbiers où gens et chevaux s'enlisent. Le soleil blanc, glacé, perce timidement la brume et jette un rayon fragile dans la pièce. À peine si la rumeur de la place St-Isaac nous parvient à travers les vitrages hermétiques du palais.

En raison du froid, on se garde bien de ventiler les pièces. Un valet a pour unique tâche de vérifier chaque ouverture et de colmater toute fuite de chaleur. Je n'ai jamais pu m'y faire. Sans doute ai-je trop longtemps vécu à la campagne. Le grand air me manque et cette atmosphère de serre tropicale me vide de mes forces. L'odeur de la cire, des haleines mêlées, me donne la nausée.

J'ai dix-sept ans, une silhouette menue, un visage ovale avec des yeux rieurs aux reflets myosotis. Mes cheveux sont clairs-automne, ainsi que les dépeint Stepan. Mais Stepan est un poète. Il donne aux choses une apparence plus belle que nature. J'aime l'élégance sans coquetterie, la vivacité et la bonne humeur, même si mon rang m'oblige parfois à me refréner. Stepan dit aussi que je suis libérale dans mes opinions mais romantique dans mes songes. En somme une jeune fille russe !

Voilà mon journal intime commencé. J'y pensais depuis longtemps. Mais qu'aurais-je eu de passionnant à raconter ? Jusqu'ici, j'ai vécu une existence insouciante et pour tout dire passablement ennuyeuse. Fêtes, bals, visites mondaines et voyages d'agrément m'ont tenue jusqu'alors éloignée des soucis et des chagrins. Mère a veillé à ce que je reçoive la meilleure éducation et fait défiler un grand nombre de précepteurs au palais. J'ai étudié les mathématiques, la philosophie, les langues étrangères avec beaucoup de sérieux. J'éprouve pourtant le sentiment d'être d'une grande ignorance. Ce soir plus que jamais.

Mais je reprends. Nous sommes là, réunis autour de cette table, dans la lumière du froid soleil d'hiver, tous les quatre : ma sœur Olga, l'intendant Kusak qui est devenu son mari, mon frère Vladimir et moi-même. Nous attendons que Mère veuille bien paraître. C'est la première fois que l'on me juge suffisamment adulte pour participer à cet important conseil de famille, le premier de l'année. J'en suis fière mais ne peux malgré tout me départir d'une certaine inquiétude.

Mon frère aîné Vladimir, que nous appelons tous Volodia, se tient à ma gauche, sombre et renfrogné. Je n'aime pas quand il prend cet air-là. Avec son front lourd, ses yeux de charbon et sa barbe en désordre, il a l'air d'une brute. Il est parfois irascible et violent. Mais au fond il est demeuré un enfant. Mère a longtemps craint pour sa santé mentale et l'a emmené suivre plusieurs cures à l'étranger lorsqu'il était petit. Il se balance sur sa chaise. Il a souvent de ces attitudes déplacées. Nul ne lui en fait la remarque. Aussitôt, il se fâcherait tout rouge et ne parlerait plus à personne pendant trois jours.

Olga est son contraire. Elle reste de glace en toutes circonstances. Elle ressemble plus que jamais à Mère. Elle noue maintenant ses cheveux en chignon et comme elle s'habille de vêtements sombres. Elle a renoncé à tout maquillage. Quand elles se tiennent côte à côte, on a l'impression de contempler l'image de ce qui a été chez l'une et de ce qui sera inexorablement chez l'autre. Olga n'a que vingt-quatre ans. Elle pourrait être belle si elle voulait.

Au bout de la table, Piotr Maximovitch Kusak, son mari, fait des efforts pour paraître calme. Il jette un dernier coup d'œil à ses dossiers, y porte encore quelques annotations au crayon. Il est grand, maigre. Ses joues grêlées ressemblent à du papier mâché. Sous les sourcils broussailleux, le regard est pénétrant, d'une fixité parfois étrange. Je le déteste. Je ne l'ai jamais considéré comme mon beau-frère et refuse de l'appeler Piotr, ainsi qu'il me l'a maintes fois proposé. Pour moi, il restera à jamais Kusak le valet.

Autrefois, Mère l'a engagé en qualité de violoniste. Comme tel il a partagé le sort des musiciens à demeure, c'est-à-dire celui des domestiques. Donner l'aubade à toute heure du jour et de la nuit, suivre la maîtresse dans ses incessants déplacements, servir tour à tour d'émissaire, de porteur, de secrétaire, et cela sans broncher, tel a longtemps été son lot. Quel charme Olga a pu lui trouver reste un mystère aux yeux de toute la famille. Mais en l'épousant, elle a arraché le musicien à son univers des dépendances pour le faire siéger à la table des maîtres.

Un temps, il a eu l'ambition de devenir compositeur. Il a échoué. Il n'a jamais eu un grand talent. Sa musique n'a rien de comparable avec celle de Stepan. Elle coule seulement de son archet, celle de Stepan coule de l'âme. Comme il est intelligent, il est pourtant rapidement monté en grade. Il est devenu le régisseur des immenses domaines de Mère. Peut-être était-ce ce qu'il désirait. Nul ne peut le dire. Bien malin qui peut lire dans ses pensées.

Soudain, Volodia bondit sur ses pieds et marche de long en large en jetant des regards furieux à sa montre. Quand il s'énerve, un tic déplaisant lui tiraille le coin de la bouche. C'est mauvais signe.

– Que diable peut-elle bien fabriquer ? Macha ne l'a donc pas levée ? Il est bientôt trois heures...

Au même instant, la porte s'ouvre. Mère paraît, appuyée sur sa canne, blême et voûtée comme le spectre d'un conte de Pouchkine[1]. Elle m'effraie. Ces derniers temps, je l'ai peu vue. Elle garde la chambre. Elle ne veut aucune visite, hormis celle de Macha, la niania[2]. Si je devais la décrire sans amour ni complaisance, je la comparerais à une statue terrible et froide, à l'expression hautaine. Sans doute est-ce là l'impression qu'elle laisse aux étrangers. Mais je sais, moi, combien son visage peut s'éclairer d'un tendre sourire, combien son cœur est bon et généreux. À coup sûr, les autres mères sont plus tendres et plus enclines aux baisers. Mais aucune n'est plus aimante. À la mort de Père, emporté par la fièvre quand nous étions enfants, elle a dû reprendre en main nos affaires qui allaient à vau-l'eau. Elle a sacrifié sa vie à cette tâche et à la responsabilité de nous élever seule.

D'un geste, Mère chasse Macha et, sans un regard pour nous autres, s'avance d'une démarche incertaine jusqu'au premier fauteuil. Olga fait mine de lui prêter assistance. Un seul regard la renvoie s'asseoir, penaude. Mère ne veut pas être traitée en impotente. Il lui en a coûté de traverser tout le palais pour venir. Mais elle ne veut rien en laisser paraître. Elle prend place avec d'infinies précautions et, ra-

---

1. Grand écrivain russe (1799-1837), fondateur de la littérature russe moderne.
2. Nounou.

menant sa canne contre sa poitrine, reste ainsi, les épaules tombantes, la tête penchée de côté. Le regard fixe. Comme elle a changé ces dernières semaines...

— Il fait froid ici ! maugrée-t-elle.

Sa voix est plus grave encore qu'à l'habitude. Elle semble sortir d'un tombeau. Personne ne répond. La cheminée tire au maximum. On étouffe et je prie pour que personne n'ait l'idée de faire apporter un brasero.

— Si nous commencions ? suggère Kusak. D'abord, je crois qu'il serait bon que je résume dans les grandes lignes le résultat des comptes pour l'année écoulée.

Mère tousse. Il poursuit, impassible :

— À plus d'un titre, l'année a été médiocre et il me coûte d'annoncer que certains secteurs souffrent d'un déficit alarmant...

Il égrène l'interminable litanie des résultats d'exploitation : scieries, manufactures, banques. Sans prendre la peine d'ouvrir les dossiers posés devant lui, il résume avec précision l'état des finances de chaque entreprise. Aucun doute, c'est un fin gestionnaire. Chaque poste lui est connu en détail et par cœur. Pas un rouble de dépense dont il ignore la destination.

Silencieusement, Olga acquiesce. Elle boit littéralement ses paroles. Il semble la fasciner comme un serpent hypnotise un lapin. Quant à moi, cet exposé m'assomme, mais je fais mine d'y trouver quelque intérêt. Du coin de l'œil, j'observe Mère. Elle chantonne à voix basse, perdue dans ses pensées. Depuis que la maladie la cloue au lit, Olga et son mari gèrent le patrimoine et tiennent les cordons de la bourse. Mère ne prend plus part aux décisions. À ce que j'ai compris, elle doit désormais se contenter d'une modeste allocation pour ses besoins personnels.

La noblesse de notre famille remonte à loin et prend ses racines dans la terre noire d'Ukraine. Elle ne doit pas son blason à quelque intrigue de cour, mais au sang versé sur les champs de bataille des siècles passés. Les Danilov ont de tout temps combattu pour le tsar et la légitimité. Il y a peu encore, nous possédions de vastes terres à Kamarov et des milliers d'âmes. Mère y régnait en monarque et, des hauteurs de son palais vénitien, pouvait contempler un domaine dont l'étendue se confondait avec le couchant. Les moujiks[1] s'inclinaient devant elle, lui baisaient les mains, lui présentaient les nouveau-nés. On lui demandait quelques roubles pour réparer un toit ou guérir un malade. Aucune décision n'aurait été prise à des verstes à la ronde sans qu'elle ait été consultée.

Kamarov. Bien que fort jeune alors, je m'en souviens encore avec tendresse et nostalgie. Toutes ces soirées passées autour du piano à jouer et chanter sur la terrasse en goûtant aux parfums envoûtants de l'été, les promenades

---

1. Paysans russes

dans le parc, les randonnées à dos de poney dans les bois. Pour les anniversaires, Mère faisait tirer des feux d'artifice. Chiens, poneys, singes allaient en liberté sur le domaine. Nous, les enfants, possédions notre propre basse-cour et des bataillons de valets pour veiller sur nous. Tout cela me semble comme un rêve, aujourd'hui perdu à jamais.

Je sais combien Mère a souffert d'avoir dû se séparer de Kamarov. Elle en parle encore souvent, en soupirant. Ce n'est pas un hasard si sa santé a commencé de décliner peu après notre départ d'Ukraine. Je suppose que la liberté progressive accordée aux serfs est la raison majeure de ce sacrifice. Mère était incapable de s'adapter à la nouvelle donne. Elle avait trop vécu dans l'ancien temps. Elle a préféré se retirer ici, dans son palais de St Pétersbourg, et vendre ses biens là-bas[1].

– Natalia Borisova, m'écoutez-vous ?

Kusak vient de l'interpeller, et avec quelle insolence ! Mère cesse de chantonner. Elle lève les yeux.

– Je vous écoute, Piotr Maximovitch. Je vous écoute... Ne pourrait-on remettre du bois dans la cheminée, il fait si froid...

– Natalia Borisova, nous discutons de choses importantes...

Je dévisage l'intendant. Quel ton se permet-il à présent ! Il semble la traiter comme une en-

---

[1]. L'indépendance n'a été accordée aux serfs qu'en 1861, par une ordonnance du tsar Alexandre II.

fant. Autrefois, Mère lui aurait fait donner le knout pour moins que cela. Aujourd'hui, elle garde le silence, sénile et frileuse.

– Natalia Borisova, poursuit-il, les actions des chemins de fer, mais plus encore des manufactures, menacent de s'effondrer. Notre pays est en crise, vous le savez. L'agitation sociale s'étend. Nul ne sait si le tsar ne finira pas par céder à l'intimidation de tous ces terroristes, ces poseurs de bombes qui sévissent un peu partout. S'il venait à faire des concessions à ces agitateurs, ce serait la ruine, rien de moins. Aussi convient-il de prendre des mesures énergiques et immédiates, à commencer par la restriction de certaines dépenses superflues qui...

Mère semble soudain sortir de ses songes. Ses mains se crispent sur le pommeau de sa canne.

– Lesquelles ?

– Je suggère en premier lieu que nous supprimions certaines donations aux musées, aux orchestres et à certains artistes qui grèvent de façon absurde le budget. Par ailleurs, la rente de Stepan...

Mère se raidit. Mon cœur se serre. L'intendant s'empresse d'ajouter :

– Votre générosité est bien connue. Nous savons tous que vous considérez Stepan comme membre à part entière de la famille. Mais aujourd'hui qu'il est un compositeur reconnu, votre tutelle n'a plus de raison d'être.

Une note de rancœur, de jalousie, perce dans sa voix :

– À seulement dix-neuf ans, la gloire lui semble acquise. Ne donne-t-on pas son ballet ce soir même, en présence du tsar, au Théâtre Maryinsky ? Il est invité à jouer partout. Ne dit-on pas que Paris le réclame ? À quoi bon lui allouer encore ces subsides quand ils seraient mieux utilisés ailleurs ?

Olga, qui jusqu'alors n'a dit mot, vole au secours de son mari.

– Voyons, petite maman, il s'agit de voir les choses en face. Piotr ne fait que présenter les faits. Il s'agirait seulement de restreindre sa pension, en considérant qu'il gagne assez d'argent par lui-même. Nous savons tous quelle affection vous portez à Stepan. Il est pour nous tous comme un frère. Vous l'avez recueilli, adopté. Vous lui avez offert un foyer et les moyens de poursuivre sa vocation. Quel enfant trouvé a connu un sort plus enviable que le sien ? Plus encore, vous lui avez légué une partie de nos terres à Kamarov. Il est propriétaire de quelques centaines d'hectares et d'autant d'âmes !

– À ce sujet, lance Kusak, il serait peut-être bon de revoir les termes de cette cession. La vente de ce lopin rapporterait de quoi couvrir certaines de nos dépenses à venir. Renseignements pris, Stepan vit à Pétersbourg la plupart du temps. Il partage un appartement avec un ancien camarade de conservatoire rue

Morskaïa... Un certain Velich, de mœurs peu recommandables à ce qu'on dit d'ailleurs. Mais ceci n'est pas notre propos.

À l'allusion finement glissée succède un lourd silence. Personnellement, je bous d'envie de répondre. La manœuvre est claire. Ils se sont ligués pour déposséder Stepan. Il a plus d'honneur qu'eux tous réunis, ma sœur comprise. Mère n'a pas quitté l'intendant des yeux. Pour un instant, elle semble avoir retrouvé sa lucidité et son autorité d'antan :

– Seriez-vous en train de me parler de Terre-Noire, Piotr Maximovitch ? Oseriez-vous me proposer de revenir sur une parole donnée ?

– Moyennant une allocation, ou tout autre arrangement qui...

Voyant l'intendant embarrassé, Volodia qui ronge son frein depuis un moment se lève si brusquement qu'il en bouscule sa chaise :

– Je vous en conjure, Mère ! Assez, assez de nous compromettre avec ce jeune prétentieux qui ne fait pas mystère de ses opinions antitsaristes ! Mère ! Ne voyez-vous rien, n'entendez-vous rien ? Je ne fais pas comme vous la sourde oreille aux rumeurs qui circulent partout au sujet de Stepan Tchakarov. Cet agitateur, ce libéral ! Il passe ses soirées chez Sacha Pripine, un dépravé qui tient salon et répand des discours immondes visant le tsar. La racaille de St Pétersbourg s'y réunit ! Je ne serais pas surpris qu'on l'arrête un beau matin, une bombe à la main ! Et ce jour-là, on trouvera Tchakarov dans son ombre, prêt à allumer la mèche. S'il ne tenait qu'à moi, je le ferais traduire devant une cour de justice, je le ferais déporter en Sibérie, là où l'on envoie ses semblables et après je...

Mère frappe soudain le sol de sa canne.

– Assez ! Assez, Volodia !

Moi-même, je suis consternée. Je n'ai pas mesuré à quel point la jalousie de mon frère s'est transformée en véritable haine ces dernières années. Enfants, ils ne s'entendaient guère. De là à imaginer une telle rancœur. Volodia a toujours ressenti l'arrivée de Stepan dans notre famille comme une sorte de punition. Ne disait-il pas à Mère : « Pourquoi fais-tu venir cet étranger chez nous ? N'ai-je pas été assez gentil ? N'ai-je pas été assez sage ? Je ne te suffis donc pas ? »

Ce souvenir me revient tandis qu'il se rassoit à contrecœur, les yeux rouges, les poings serrés.

– En voilà assez, gronde Mère avec colère. Je n'en tolérerai pas davantage en ma présence. Ces insinuations révoltantes s'adressent à un membre de notre famille... Car je considère Stepan comme l'un de mes enfants. Il reste dans mon cœur, comme chacun de vous. Et quand bien même les langues de vipère auraient raison, quand bien même il trouverait du charme à ces utopies libérales, qui serions-nous pour le juger ? Nous sommes des Danilov. Nous ne sommes pas d'un monde où l'on montre du doigt, où l'on dénonce, où l'on calomnie...

Elle regarde Kusak qui, tête baissée, semble redevenu le simple violoniste aux ordres :

– J'ai donné le domaine de Terre-Noire à Stepan afin qu'il trouve un abri digne, un refuge en toute circonstance, puisque mes propres enfants, à l'exception d'Anna, le jugeaient indigne de dormir sous notre toit et de manger à notre table. Et à présent, vous voudriez lui retirer cela aussi ? Jamais de mon vivant, entendez-vous ? Anna, mon ange, appelle Macha. Je suis fatiguée.

Je n'ai pas à chercher bien loin. Je trouve la vieille niania l'oreille collée à la porte. Elle aide Mère à se lever et, à petits pas, les deux femmes s'en retournent à travers les longs couloirs glacés du palais.

La chambre sent le médicament. Par quelque jeu d'ombre, l'icône de la Vierge à l'Enfant qui trône en face du lit semble animée. Enfant, déjà, j'avais peur de me trouver ici. Il y fait sombre.

Mère trône dans son fauteuil à haut dossier qui fait face à la fenêtre. Elle me tourne le dos. Je ne vois d'elle que ses deux mains pâles et ridées agrippées aux accoudoirs. En m'approchant, je constate qu'elle lit, ses lorgnons d'argent en équilibre sur son nez. La cassette où elle conserve ses lettres intimes est ouverte sur ses genoux. Elle ne m'a pas entendue approcher. Je l'embrasse sur le front. Il est brûlant de fièvre. Elle lève les yeux vers moi.

– Pour moi, la route s'achève, Anna.

Je frissonne. Tant de lassitude et d'amertume dans sa voix...

– Mère, vous n'auriez pas dû assister à cette réunion. Cela-vous a mis dans un tel état... Le docteur dit de vous ménager.

– Les docteurs ne sont bons à rien. J'ai si froid.

Elle claque des dents. Sur la table de nuit s'alignent des potions. Je fais un geste pour appeler Macha. Mère me retient par le poignet.

– J'étais en train de lire... les lettres de Stepan. Tu les connais, n'est-ce pas ? Te rappelles-tu de celle-ci ? Je n'arrive plus à déchiffrer. Mes yeux... Veux-tu, Anouchka ?

Elle me tend la lettre.

« Ma chère bienfaitrice et petite mère, le concerto a été un succès. Toute la salle a applaudi et j'ai dû bisser le dernier mouvement. Les critiques feront la fine bouche, comme à l'habitude. Peu importe. Vous savez en quelle piètre estime je les tiens. Je crache sur eux. Inutile de vous dire que je continue de composer et composer encore. »

Involontairement, je souris. Mère s'en aperçoit.

– Pourquoi souris-tu ?

– Voilà tout Stepan.

– Oui, jamais je n'ai connu quelqu'un plus prompt à s'indigner de tout. Je ne suis pas une vieille mule. Je sais qu'il désire plus de liberté en Russie. Et peut-être a-t-il raison. J'espère seulement que sa carrière ne souffrira pas de ses convictions. Un jour, sa renommée dépassera celle de tous ces paons qui règnent sur notre vie musicale. Oui, oui, j'en suis sûre...

Elle soupire. Son regard chavire. Elle se met à chantonner, semble oublier ma présence, puis se ressaisit :

– Je revois l'orphelinat. C'était un matin de brume et de neige. Il y a une éternité il me semble. Je traversais une cour emplie d'enfants qui piaillaient. Au-dessus de ce tumulte, un piano jouait... Quelle merveilleuse mélodie. On aurait dit du Chopin. Alors, j'interromps le directeur qui me fait l'éloge de son établissement :

– Qui est-ce ?

– Personne, madame la Baronne. Un enfant difficile. Il est puni. Nous enfermons les punis dans la salle de musique.

– A-t-il des parents ?

– C'est un enfant trouvé. Il n'avait pas de nom. Nous lui avons donné celui d'un de nos pensionnaires qui venait de décéder.

– Je ne partirai pas avant de l'avoir vu...

Nous sommes entrés dans une salle poussiéreuse. Là, dans un rayon de soleil, jouait un enfant portant une blouse de toile grise. Il semblait si minuscule, si frêle, devant ce piano mal accordé. Ses pieds ne touchaient pas les pédales... Pourtant, il se tenait droit, noblement. Et ses mains... De longues mains blanches et fines. Il avait six ans. En nous entendant, il a cessé. Il avait peur.

– Continue, mon petit, achève pour moi cette jolie comptine...

Sans un mot, il a repris. Je me suis assise, pour l'écouter. J'ai appris par la suite que le morceau était de lui. J'avais entendu bien des jeunes prodiges, mais pas un qui lui arrivât à la cheville. J'en avais les larmes aux yeux et, me levant, je l'ai embrassé. On aurait dit que j'étais la première à le faire, car j'ai vu dans son regard... Je me rappelle mes paroles :

– Viens mon petit, nous allons quitter cet endroit. Je t'emmène dans un château où tu seras chevalier. Mon chevalier...

Mère sourit tristement :

– Ah, ce palais est bien trop grand. On croise quelqu'un, parfois, comme par hasard, en se demandant ce qu'il fait là. J'aimerais tant retourner à Kamarov, revoir nos animaux, et ce bon M. Joubert. Était-il drôle avec ses histoires... Tu te rappelles de lui ?

J'acquiesce. Je caresse ses cheveux rêches comme du chanvre.

– Je suis navrée de ce qui s'est passé tout à l'heure. Je suis étrangère à ce que peut manigancer Piotr Maximovitch. Olga elle-même, j'en suis certaine...

– Pauvre Olga... Il la tient, et solidement, comme un aigle tient sa proie. Méfie-toi de ce Polonais. Il n'a qu'un but : s'emparer de tout.

Je le lis dans ses yeux. Et il réussira, si nul se s'y oppose. Ta sœur lui voue une dévotion sans borne. Quant à Volodia, c'est un faible, un instable. Une marionnette entre les mains de ce stratège. Il sera le maître, ici, si tu n'y prends pas garde. Tu es la seule en qui j'aie confiance...

– Maman...

– J'aurais tant voulu que Stepan habite avec nous, partage notre vie. Qu'il soit un Danilov. Mais j'ai dû le protéger de la jalousie de Volodia et du mépris d'Olga, l'envoyer en pension puis au conservatoire. Je n'ai jamais pu être une vraie mère pour lui. En somme, il est resté orphelin. J'aimerais quitter cette terre en sachant qu'il ne m'en veut pas. Il vient si rarement.

– Mère, il désire vous voir. Il me l'a écrit. Il s'est déjà présenté, mais Piotr Maximovitch le renvoie en prétextant que votre état ne se prête pas à des visites...

– C'est donc cela ? Je m'en doutais. Je sais que tu éprouves de l'amitié pour Stepan. Davantage peut-être ? Je revois vos poursuites et vos jeux dans le parc... Cela me semble hier. Après ma mort, tu veilleras sur lui comme une sœur, n'est-ce pas ?

– Je vous le promets, Mère.

Mère veut se redresser, mais ses forces lui manquent.

– À présent, adieu.

Macha est discrètement revenue. Je me retire, les larmes aux yeux. Sur le seuil de la chambre, j'entends Mère murmurer les mots de Stepan :

– ... Vous seule savez, mon amie, ma mère, combien mon pays m'est cher. J'embrasse notre terre avec dévotion. S'il est vrai que l'Allemand tourne les yeux vers le ciel, le Russe les abaisse toujours sur le sol qu'il foule. Que deviendrai-je si j'étais un jour contraint de partir ? Parfois, ce cauchemar hante mes nuits. La Russie est mon sang. Elle coule dans mes veines...

Il faisait nuit. Elle ne lisait plus depuis longtemps...

LE CHAT BOTTÉ

Lettre de Stepan Tchakarov à la baronne Danilov.

St Pétersbourg, le 16 janvier 1887

Chère Matiouchka,

Je vous écris à la lueur d'une chandelle. Il n'est que cinq heures. Il m'est décidément impossible de trouver le sommeil. Comment en serait-il autrement ? La soirée d'hier n'est pas près de s'effacer de ma mémoire. Par quelque superstition idiote, j'ai décidé de n'inscrire sur mon agenda que la date de ce jour mémorable et de laisser la page vierge. Il me faut en convenir, je dois pourtant trouver un exutoire, et quelle meilleure confidente que vous, Matiouchka ?

Je dois vous énumérer froidement, objectivement les faits. Voici. J'arrive au Théâtre Maryinsky vers sept heures, en compagnie de Iossip. Vous vous rappelez sans doute de Iossip, qui a séjourné parfois à Terre-Noire. Un brave garçon. Je l'aime comme un frère. Il a un réel talent de virtuose. Un jour, il deviendra quelqu'un. Malgré le froid vif, une foule de badauds se presse de l'autre côté de la place. Les gens se bousculent pour assister à l'arrivée du tsar, même les indigents. Ceux-là, les malheureux, ont le ventre vide et, s'ils louchent sur le défilé des attelages, c'est moins pour admirer leur noblesse que pour supputer leur poids en viande... Ils sifflent au passage d'un ministre ou même d'un grand-duc, mais leur ferveur pour le tsar reste intacte.

Comme Iossip et moi montons les marches, un petit mendiant au visage noirci de crasse, vêtu de haillons, réussit à se faufiler entre deux agents et s'accroche à mon manteau. Il ne désire qu'une pièce. Je la lui tend. Il n'a que le temps de s'en saisir. Les policiers l'attrapent par le paletot et le rejettent dans le rang avec une brutalité inimaginable. Je proteste. La foule gronde. Les matraques se lèvent, menaçantes. Prudemment, Iossip m'entraîne. Sans doute craint-il que je ne me livre à quelque débordement. Il a raison, car je suis écœuré, révolté. Un jour, vous verrez, Matiouchka, les knouts seront dans l'autre camp et l'on verra ces beaux uniformes prendre leurs jambes à leur cou !

À l'entrée du théâtre, de belles affiches annoncent :

LE CHAT BOTTÉ,
Ballet pantomime en deux actes
par Stepan Petrovitch Tchakarov.

Quel éblouissement que ce Théâtre Maryinsky ! Cette lumière diamantine qui cascade des lustres, fond dans les velours rouges et polit les colonnes de marbre, cette rumeur sourde qui s'élève, ponctuée du tintement des sabres d'apparat. Dans les couloirs se mêlent fracs élégants, uniformes chamarrés de décorations et toilettes diaphanes. L'odeur âcre des cigares se mêle aux parfums capiteux.

Les hommes discourent inlassablement des mêmes sujets frivoles : dettes de jeu et maîtresses délaissées ; les dames échangent les potins et tressent des lauriers aux acteurs à la mode. On évite prudemment les sujets politiques. Nul n'ignore qu'en toute occasion, les espions du tsar rôdent, l'oreille dressée. On rit donc, on se pousse des coudes, on se congratule ostensiblement. Pas étonnant que les observateurs étrangers jugent notre intelligentsia futile et superficielle. Comme tout cela est vain, creux. Et quel sentiment de solitude s'empare de vous, parmi une telle foule.

Les visages se tournent vers moi. On me désigne du menton derrière les éventails. On se lisse la moustache sur mon passage. Je vis un rêve et, cependant, je suis mal à l'aise. Je souhaiterais m'en aller. Iossip, lui, est à son affaire. Un mot par-ci, un signe par-là. Tantôt il salue, s'incline ou baise quelque main blanche. Il raffole de ces mondanités autant qu'elles m'exaspèrent. Il est fait pour glaner cette poussière de gloire qui, moi, m'indiffère. Il ne cesse de me faire des remontrances :

– Détends-toi, voyons ! Souris ! Tu es raide

comme un piquet. Que vont-ils penser de toi ? Tu es le héros de la fête, penses-y...

Il sait pourtant combien je suis tendu, inquiet, impatient que tout ceci s'achève. Comme nous gagnons notre loge, Vsevolojsky, l'intendant général, vient à notre rencontre. Il semble calme et cela me paraît de bonne augure. Je me trompe.

– Nous avons perdu un morceau du décor, me déclare-t-il tout de go. Le chef d'orchestre affirme ne rien comprendre à votre musique et... on ignore si, en définitive, Sa Majesté viendra... Tout va mal. Mais s'il en était autrement, ce ne serait plus du théâtre !

J'ignore s'il plaisante, mais je me sens glacé de la tête aux pieds.

– Vous avez l'art de me rassurer !

– Sa Majesté tarde... Elle a exprimé beaucoup de curiosité à votre égard. Il n'est guère courant que l'ouvrage d'un compositeur si jeune soit monté. Sans doute voudra-t-elle vous féliciter personnellement.

– Viens te montrer, Stepan ! Le rideau va se lever...

Iossip a déjà pris place. Il braque ses lorgnettes dans toutes les directions et bâille avec l'affectation d'un dandy. J'ai envie de lui tordre le cou. Je tremble de peur. Assis très droit sur mon siège, je déploie des efforts surhumains pour me donner une contenance. Je finis par prendre moi aussi les jumelles et fais mine d'observer les loges voisines pour découvrir... une armée de lorgnettes braquées sur ma personne ! Mon instrument m'échappe des mains de saisissement.

Le théâtre bourdonne comme un essaim d'abeilles. Les dames assises agitent des éventails, les messieurs debout derrière elles, selon l'usage, fument la cigarette et bavardent. Dans la fosse, l'orchestre s'accorde dans une belle cacophonie.

Le Chat Botté. MON *Chat Botté*. Toutes ces nuits sans sommeil à raturer, pianoter, recommencer et pianoter encore ! Que d'angoisse, que de fièvre ! Et cette fierté d'avoir gagné mon pari, d'avoir fait aboutir autre chose que quelques pièces pour piano ou un modeste concerto. Ma première œuvre pour orchestre, et un ballet par-dessus le marché ! De nos jours, pour un compositeur, le théâtre seul peut apporter la consécration. Ou l'anéantissement. C'est l'épreuve suprême. M'y voici : c'est l'heure du jugement.

Iossip me tire par la manche.

– Tout va bien. Tu peux te fier à mon expérience.

Il semble prendre un malin plaisir à me tourmenter. J'observe votre loge désespérément éteinte, Matiouchka. Certes, je suis informé de votre mauvais état de santé, mais jusqu'au dernier moment, je forme l'espoir que peut-être vous avez trouvé la force de vous faire transporter jusqu'au théâtre. Votre présence me réconforterait. N'êtes-vous pas mon ange gardien ? N'étiez-vous pas présente lors de mes premiers succès ?

Un mouvement se fait dans la loge impériale. Escorté par un aréopage de princes et de grands-ducs, Alexandre III paraît, sanglé dans un uniforme de la garde. Tout le monde se lève. Applaudissements. Saluts. Puis, dans le silence le plus respectueux, Napravnik, le chef d'orchestre, entonne l'hymne national. Chacun reprend sa place. Enfin, le spectacle va commencer. Les lumières baissent. Le rideau se lève, dévoilant les fastes d'un décor que l'intendant Vsevolojsky a voulu directement inspiré des jardins de Versailles. Une rumeur admirative traverse la salle. Les premiers accords éclatent en un fracassant tutti qui coupe court aux commentaires.

Je suis en sueur. Je dois m'accrocher aux bras du fauteuil pour ne pas m'éclipser. Je peux bien vous l'avouer : j'ai pris la précaution d'avaler un Cognac avant de partir ! Peine perdue. Un vrai supplice. Je ne vois rien. Je n'entends rien. Du coin de l'œil, je me prends à surveiller la loge impériale. Un instant, au deuxième acte, à l'arrivée de l'Ogre, je crois entendre pouffer de rire. Je hais la terre entière !

Mon soulagement est inexprimable lorsque le rideau tombe enfin après les multiples rappels d'usage. Et il me faut me lever et m'incliner à mon tour ! Dans mon dos, Iossip clame des « bravo ! bravo ! ». Je crois me sentir mal. Je tourne les talons. Hélas, mon supplice n'est pas terminé. L'intendant Vsevolojsky me prend par le bras avec chaleur.

– Magnifique ! Un triomphe ! Écoutez-les... Je vous emmène sur le champ. Sa Majesté tient à vous féliciter en personne. Elle est très satisfaite.

Je tire nerveusement sur mes manchettes, rectifie la position de mon nœud papillon. À mon entrée dans la loge impériale, je suis surpris par l'animation bon enfant qui règne. Alexandre III se tient debout, près de la balustrade, très droit. Il est plus grand que ne le laissent supposer ses portraits. Ce n'est pas sans raison que le petit peuple le surnomme « le Taureau ». C'est un colosse aux épaules lourdes, au cou épais, au front dégarni. Sa moustache grisonnante rejoint d'épais favoris. On le dit capable de tordre des tisonniers à mains nues, et c'est sans doute vrai, même s'il porte son âge. Vous devez vous moquer de moi, Matiouchka, car tout cela, vous le savez pour l'avoir rencontré fort souvent à la cour. Quand Vsevolojsky me présente, Sa Majesté s'exclame :

– Ah, voici le jeune prodige ! Tchakarov, ce fut un beau spectacle. Et votre musique était charmante. Réellement charmante. Mais si triste. Si sombre. J'ai parfois songé à du Wagner ! Dieu nous garde d'avoir un Wagner russe ! Mais vous êtes encore bien jeune et vous apprendrez.

Je m'incline, mortifié. Quelles étranges remarques. A-t-il compris une note de l'œuvre ?

– Les encouragements de Votre Majesté me vont droit au cœur.

– Transmettez mes amitiés à la baronne Danilov et mes vœux de prompt rétablissement.

– Je n'y manquerai pas.

Il se tourne vers sa suite, manifestant par là que l'entretien est terminé. Courtois, mais bref. Un jeune homme en uniforme, que je n'avais pas remarqué dès l'abord, me serre la main. Il doit avoir mon âge. De petite taille, mince et falot, son visage est mangé par de grands yeux doux et tristes. Une ombre de moustache au-dessus des lèvres lui donne un air de poète distrait. Il sourit. Un sourire pâle et pourtant émerveillé. Le spectacle semble avoir produit sur lui une forte impression.

– C'était magnifique, monsieur Tchakarov, dit-il. Vous ne pouvez imaginer combien votre musique me touche. Plaise à Dieu que vous composiez toujours de la sorte... avec un tel talent... Je...

Il bafouille, lâche ma main, la reprend, ne sait finalement qu'en faire. Le tsar l'interpelle.

– Nicky ! Allons, Nicky, nous devons rentrer.

Nicky. Nicolas, le tsarévitch ! Il regagne le cortège à regret, comme s'il aimerait passer outre le protocole et m'entretenir plus longuement de ses impressions. Quel garçon sympathique et sensible. Il est si différent de son père. Je crois qu'il a été le seul à se transporter vraiment dans mon conte de fée. Les autres n'ont vu là que traditionnels défilés et succession de pas d'action[1].

Iossip me rejoint.
– Eh bien, qu'a-t-il dit ?
– Presque rien.
– Alors, que fais-tu ? Tu n'entends pas ? C'est toi que le public réclame !

Il me pousse vers le balcon. De fait, des acclamations ébranlent tout le théâtre. Je dois faire un violent effort sur moi-même. À la vue de tous ces visages levés vers moi, de toutes ces mains gantées qui battent comme un essor de pigeons blancs, je suis pris de vertige. Tel un automate, je me dirige vers la sortie. Je n'ai repris mes sens que dehors, revigoré par l'air vif. Et voilà. Nous sommes partis terminer la soirée chez des amis communs, fêter l'événement au champagne !

Dès lors, j'ai d'autres projets. Je rêve d'écrire un opéra. J'ai déjà mon sujet : Hamlet ! Cette sombre histoire de vengeance et de folie me hante littéralement. Jusqu'alors, bien peu de compositeurs ont osé toucher à cette pièce. Je vous en parlerai plus longuement la prochaine fois. J'aimerais venir vous voir, si vous m'y autorisez. Votre intendant m'a écrit que vous ne désiriez recevoir aucune visite. Ne ferez-vous pas exception pour votre chevalier ? Répondez-moi, ne fût-ce qu'un mot, ou par l'intermé-

---

1. Pas d'action (terme de ballet) : pas de transition reliant deux scènes.

diaire d'Anna, que j'embrasse ainsi que vous-même, avec respect et affection.

Stepan.

PS : Pétersbourg m'étouffe. Dès que possible, je retourne à Terre-Noire. Ma pensée reste près de vous.

Journal de Jossip Andronovitch Velich.

St Pétersbourg, 16 janvier 1887

Stepan est parti ! Je ne sais quelle mouche l'a piqué. Ces derniers temps, l'existence à Pétersbourg semblait lui peser de plus en plus. La première du *Chat Botté* s'est pourtant déroulée à merveille. Il a été présenté au tsar ! Malgré cela, tout ce qui semblait lui importer était l'absence de sa vieille protectrice, la baronne Danilov. Il est vrai qu'il lui doit beaucoup. J'aurais moi-même échangé ma propre mère pour être adopté par cette digne représentante de la vraie noblesse, fût-ce de loin !

Il a été victime d'un léger malaise à la fin de la représentation. J'ai dû le soutenir. Sans doute l'émotion, la tension nerveuse. C'est un garçon trop sensible. Il en est presque étrange. Il n'a pas changé depuis l'époque où nous usions nos fonds de culottes au conservatoire, et cela ne remonte pas à si loin. Il est tantôt vif et enjoué, capable de grimper dans un arbre avec l'agilité d'un singe, puis l'instant d'après mélancolique et sombre comme Childe Harold[1].

Je n'ai jamais pu le comprendre tout à fait, mais c'est mon ami. Je m'en veux de lui faire trop sentir ma jalousie parfois. Mais je n'ai pas comme lui les appuis nécessaires à une carrière artistique. Ma famille est pauvre et je ne connais personne pour me mettre le pied à l'étrier. Pourtant, il est le dernier que j'aimerais faire souffrir. J'espère n'y être jamais obligé. Je l'épargnerai quoi qu'il advienne. Mais qui sait ce que réservera l'avenir ? J'ai peur. N.R. n'était pas au théâtre ce soir. Quel soulagement ! Je formule l'espoir qu'il a oublié sa proposition indécente. Je me couvrirais de honte à l'accepter. Et pourtant, n'ai-je pas besoin d'amis puissants, moi aussi, quand bien même ils appartiendraient à... Même ici, dans le secret de ces pages, je ne puis révéler ce nom terrible.

... Il a suffi que nous sortions dans la nuit glacée pour que Stepan retrouve ses esprits, me donne une tape sur l'épaule en me rappelant que nous étions attendus chez Pripine qui avait organisé une fête en son honneur. Nous voici filant en troïka à travers le lacis des petites rues embrumées qui longent le canal de la Fontanka.

---

1. Héros d'un poème de Byron, très en vogue chez les jeunes Russes.

Sacha Pripine a bien fait les choses, comme à l'ordinaire. Le Grand Salon des Débats, ainsi qu'il nomme le pied-à-terre princier où il reçoit, dans Millinaïa, bruit comme une ruche. Un brouillard de tabac tamise les lumières. Une ovation accueille Stepan, le héros de la soirée. Les verres se lèvent. Nos amis lui sautent au cou. On débouche de nouvelles bouteilles de champagne et l'on trinque. Comme je l'envie en cette minute, Seigneur...

Stepan remercie gauchement et serre les mains comme un automate. Qu'il peut être raide et maladroit dans ces circonstances ! En maître de cérémonie, Pripine lui donne une accolade fraternelle et débite un compliment pompeux. C'est un piètre poète. Il m'exaspère. Apparemment, sa famille ne lui a pas coupé les vivres, comme il le craignait. Mais elle préfère qu'il vive ici, à l'écart. Je la comprends.

Comme Stepan lui demande la raison de son absence au théâtre, il répond :

– J'ai juré de ne jamais me trouver en présence du tsar. Car j'ignore si je pourrais me retenir de lui ouvrir le ventre !

Cette sortie provoque des rires. Quels imbéciles !

– Tu ne devrais pas parler ainsi, si haut et si fort, lui fais-je remarquer à mi-voix. Tu ne connais pas la moitié des gens qui sont ici. Gage qu'il se trouve un espion parmi eux...

Pour toute réponse, il sort un papier froissé de sa poche intérieure.

– Cher amis, voici la nouvelle parution du *Canon* !

Nouveau concert d'applaudissements et de tintements de verres. Je m'interroge sur les véritables mobiles de Pripine. De par sa naissance, il appartient à la noblesse. Pourtant, il ne vit que pour la politique. Il prône l'abolition du tsarisme et de l'autocratie[1]. Il prend fait et cause pour les poseurs de bombes, les terroristes, les révolutionnaires, que sais-je ? Il dépense une fortune en réunions clandestines et projets insensés.

Et puis il fait paraître *Le Canon*, cette feuille de chou qu'il distribue sous le manteau à deux ou trois cents exemplaires seulement, dont il est presque l'unique rédacteur. Il y fustige vertement le gouvernement et le tsar. Un jour, tout cela pourrait fort bien lui valoir la Sibérie[2].

Je ne crois pas aux convictions révolutionnaires de Pripine. J'ai plutôt l'impression qu'il joue. Certains recherchent des sensations dans le jeu, les femmes, ou les voyages. Lui a engagé un pari étrange et suicidaire avec les autorités. Il n'ignore pas que la police est sur ses traces. Elle a déjà saisi des stocks de journaux dans l'une de ses imprimeries et mis à sac ses machines. C'est miracle qu'elle n'ait pas encore

---

1. Forme de gouvernement où le souverain exerce lui-même une autorité sans limite.
2. Région septentrionale de la Russie où l'on déportait les prisonniers politiques.

identifié Chair à Pâté, le chroniqueur irrévérencieux, c'est-à-dire lui-même. Non seulement il persévère, mais au fil du temps, il semble faire fi des plus élémentaires précautions. Il se croit intouchable. Il a tort.

Nous mangeons et buvons à satiété. Aux alentours de minuit, une grande partie des invités est avachie sur des coussins jetés à même le sol. Certains ont sombré dans une torpeur éthylique, d'autres dans les limbes de la morphine, toujours très en vogue dans ces réunions. La panacée des faibles. Une jeune fille que je ne connais pas s'est endormie contre moi. À en juger par ses cheveux coupés court, son col officier, ce doit être une étudiante. Il est curieux de constater que la mode initiée par les terroristes est devenue courante dans les universités ; les filles adoptent le pantalon et la mise garçonne, ne se refusant rien, pas même le cigare. C'est leur manière de revendiquer leur différence, je suppose. Je repousse l'étudiante endormie.

À côté, Stepan s'est mis au piano. Il improvise sur une vieille chanson ukrainienne. Dans la pâle clarté d'un chandelier, ses mains semblent d'une longueur inimaginable. De belles mains pâles, qui exercent sur les jeunes filles un étrange attrait. Ce soir, mon camarade est d'humeur rêveuse. Autour de lui sont rassemblés quelques intimes. Sur la musique, Pripine lit un poème de sa composition aux accents patriotiques et outrés. À ses côtés, les frères siamois tirent cigarette sur cigarette. J'appelle ainsi Privakov et Milioukhine, deux inséparables, intellectuels et utopistes. Ils ont fait l'École de Droit, sont entrés au ministère de la Justice.

Parfois, ces deux idiots se querellent jusqu'à en venir aux mains, pour aussitôt se réconcilier autour d'un pot de kvass[1] et mêler leurs larmes de regrets.

Vers deux heures, nous prenons congé. Pripine tient à nous raccompagner au bas de l'immeuble. Il est fin soûl.

– N'est-ce pas bientôt qu'aura lieu un concert de bienfaisance des élèves du conservatoire ? demande-t-il.

– En effet, répond Stepan. Je dois d'ailleurs y jouer.

– Sous le haut patronage du tsarévitch, n'est-ce pas ? Je fais le pari d'aller distribuer *Le Canon* là-bas et de lui en donner un exemplaire !

– Tu es ivre mort !

– C'est vrai, je le ferai !

– Pari tenu ! fais-je avec agacement.

Stepan hausse les épaules. Lui que je sais capable de braver la force publique pour une peccadille n'a que mépris pour ce genre de manifestation puérile. Pour ma part, je conseille à Pripine de mieux tenir sa langue. Il me rit au nez, cela va sans dire. Il n'a pas plus de cervelle qu'un moineau.

... Ce matin Stepan se montre au petit déjeu-

---

1. Bière russe.

ner fatigué, les yeux rougis par l'insomnie. Il se laisse tomber sur une chaise. Je le regarde par-dessus mon journal ouvert à la page des spectacles.

– Du thé ? J'appelle le domestique.
– Inutile. Je ne prends rien.

Il renverse la tête en arrière et, les yeux fixés au plafond, s'absorbe dans l'une de ses méditations ombrageuses.

– Veux-tu que je te lise les critiques ?
– Non.
– Dans l'ensemble, c'est plutôt bon. Stassov reproche au ballet d'être trop symphonique et de ne pas laisser suffisamment les danseurs s'exprimer, sinon...
– Combien de fois t'ai-je dit que je ne voulais pas savoir ce qui se disait de mes œuvres ! Bonnes ou mauvaises, les critiques m'insupportent. Je ne tiens pas à connaître l'opinion des gens, tu peux comprendre ça ? Je crache sur cette saleté de presse, sur Stassov et tous les autres. On n'écrit de musique que pour soi.
– Il n'y a pas de quoi t'énerver !

Il se lève d'un bond et arpente la pièce à grandes enjambées. J'ai l'habitude de ses sautes d'humeur. Voici bientôt deux ans que nous partageons le même appartement. Je ne bronche pas.

Je replie posément le journal et me sert une tasse de lait, dans l'attente que notre génie veuille enfin cracher son venin.

– Je me fiche bien que la critique fasse la

moue. Mais le tsar ! Quel imbécile. De la musique « charmaaante » ! Trop sombre ! C'est un balourd, un esprit militaire sans finesse, sans jugement artistique. Il ne fait pas la différence entre Beethoven et les Folies-Bergère.

— Il joue du cornet à ce qu'on dit…

— Cela confirme l'adage qu'il faut toujours se méfier des cornistes !

Risible. J'attends que l'orage se calme. Stepan a un tempérament d'écorché vif. Il est aisé de le blesser et difficile ensuite de revenir dans ses grâces, car il a la rancune tenace. C'est un caractère foncièrement sincère et droit. Il hait la médiocrité. Il ne cache jamais ce qu'il a sur le cœur, simplement parce qu'il ne sait pas cacher quoi que ce soit. Parmi les artistes que je connais, il est le seul à mépriser sincèrement la gloire. Il vit la musique comme une lutte féroce, acharnée, de tous les instants, non comme une passion éthérée. Au fond, c'est un violent.

Quand il a fini de tempêter contre la terre entière, je glisse ingénument :

— Bien. Et cet opéra ? Où en es-tu ?

Il se fige comme une statue de sel, muet, ébloui.

— *Hamlet !* J'avais oublié. Je pars.

— Quoi ? Mais où ça ?

— Chez moi, à la campagne. On ne peut composer une seule note ici. J'étouffe.

— Mais enfin, est-ce que nous ne devions pas…

– Fais ce que tu veux. Moi, je suis resté bien trop longtemps ici. Adieu.

Et avant que je puisse comprendre ce qui se passe, il enfile son pardessus et claque la porte ! Après tout, qu'il aille où bon lui semble. Je ne sais ce qu'il trouve à ce désert. Moi, je ne suis bien qu'à Pétersbourg. Là est la gloire.

TERRE-NOIRE

Journal de Stepan Tchakarov.

Terre-Noire, 17 janvier 1887

Je suis seul à descendre à la gare de Kamarov. Dès qu'il m'aperçoit, Liocha noue les rênes du cheval et s'élance à ma rencontre. Nous tombons dans les bras l'un de l'autre, comme des enfants. Il y a beau temps que nous avons aboli la réserve d'usage entre maître et domestique, du moins quand nous ne sommes pas en société. Le brave garçon a les larmes aux yeux et tout ce qu'il semble en mesure de bredouiller, c'est :

– Bienvenue, Batiouchka, bienvenue !

Liocha a maintenant vingt-six ans mais il se comporte toujours comme si c'était moi l'aîné. Sans doute a-t-il peu de culture, mais il est doué d'un sens pratique et d'un dévouement hors du commun. Je l'aime comme un frère. Ces derniers temps, il a été malade et je n'ai pas eu le cœur de lui imposer ce nouveau déplacement à Pétersbourg, préférant qu'il se repose chez nous. D'ailleurs le domaine a besoin de sa présence. Au fil des ans, Liocha s'est imposé comme un intendant sûr et avisé. Il s'entend parfaitement à la gestion et sait s'y prendre avec les paysans.

Il est lui-même issu d'une famille de serfs. Il a quitté très jeune l'isba familiale pour entrer au service de la baronne Danilov. Promu palefrenier, il n'a connu durant des années que l'univers des écuries, dormant sur la paille, parmi les bêtes, même en hiver. Je l'ai rencontré lors de mon premier séjour à Kamarov. Je venais de quitter l'orphelinat de Pétersbourg, encore tout étourdi par ce qui m'arrivait. J'avais à peine sept ans. Tout m'était sujet d'émerveillement. Je me souviens de cet adolescent farouche qui sentait le fumier et pouvait à peine aligner deux mots.

Malgré notre différence d'âge, nous sommes vite devenus complices, puis amis. Je suppose qu'il se sentait à l'aise avec un enfant plus jeune. Je lui ai appris à lire, à ne plus bégayer ni avaler les syllabes, et lui m'enseignait maintes choses sur les animaux, la façon de les approcher et de confectionner des pièges !

La Baronne se réjouissait de notre camaraderie car, en dehors d'Anna, elle savait que je n'avais guère d'amis au sein de la famille. Volodia me méprisait, quand il ne cherchait pas ouvertement à me nuire en me mettant sur le dos ses propres bêtises. Quant à Olga, elle ne consentait à ma présence que si j'acceptais de me déguiser comme l'une de ses poupées. Le jeu m'a vite lassé. Je me serais senti bien seul s'il n'y avait eu Liocha.

Peu de temps avant qu'elle vende ses domaines, la Baronne m'a fait venir. Je me souviens qu'elle était étendue sur une chaise longue, dans un coin du jardin, à l'ombre du grand sureau. Il faisait chaud. C'était l'été.

– Veux-tu Liocha ? Je te le donne. Je crois que tu ne trouveras nulle part domestique plus dévoué.

Pour qui ignore nos usages russes, il peut sembler choquant de parler en ces termes d'un être humain. Mais la Baronne possédait des milliers d'âmes, réparties sur un territoire aussi grand qu'un petit État d'Europe occidentale. Ces âmes appartenaient à la terre et la terre lui appartenait. C'était aussi simple que cela. J'ai accepté avec empressement, en la remerciant pour toutes ses bontés. Elle a hoché la tête tristement.

– J'aimerais faire bien davantage, mon pauvre petit. Tu auras bientôt quinze ans. À cinq verstes d'ici, je possède une dépendance : Terre-Noire. Autrefois, le régisseur y habitait. À présent... il vit sous mon toit. Elle t'appartient. Je te l'offre. Les temps sont difficiles et rien n'est plus précieux qu'un toit solide et quelques acres de bonne terre. Là, tu pourras composer en paix et jouer du piano autant qu'il te plaira.

Ainsi ai-je reçu en cadeau Terre-Noire et Liocha le même jour. Je me rappelle que mon compagnon et moi en avons dansé de joie !

... En ce clair matin de janvier, à bord de ce

traîneau filant sur la neige, la joie simple de revoir le paysage aimé de ma retraite campagnarde fait battre mon cœur. Je me rends compte à quel point mes nerfs ont été mis à rude épreuve ces derniers temps. Je n'aurais pu demeurer à Pétersbourg un jour de plus. Iossip ne trouve aucun charme à la solitude et comprend mal mon désir de me retrancher ainsi loin du monde. Car Kamarov n'est qu'un petit bourg et n'a d'autre attrait que la beauté morne de ses étendues rases. Rien n'accroche l'œil à perte de vue, hormis quelques bouleaux frileusement blottis les uns contre les autres.

Ici, nul défilé mondain, nulle fête dispendieuse. La vie est simple, sommaire même. J'aime cette contrée, plus que tout autre endroit au monde. Sur la route, des moujiks me saluent avec déférence. Tout le monde me connaît, au moins de vue. On m'appelle le « jeune Barine ». On sait vaguement que je fais « de la musique » et que je suis reçu dans les salons de la capitale. Mais surtout, que je suis le pupille de la Barynia, la maîtresse qui régnait jadis ici. Cela me vaut d'être consulté par les assemblées de paysans sur toutes sortes de litiges domestiques.

Au détour du chemin, le panneau apparaît, voûté sous le poids de la neige, qui indique :

TERRE-NOIRE. PROPRIÉTÉ PRIVÉE.

– Attends, Liocha ! Rien qu'un instant...
Avant qu'il stoppe, je saute à terre et entre-

prends de creuser la neige avec mes deux mains. Mon compagnon me regarde comme si j'étais devenu fou. Je ne tarde pas à la sentir sous mes doigts, dure, froide. Au risque de me casser les ongles, je réussis à en extraire une motte, aussi noire qu'une truffe :

– Regarde Liocha ! La voici ! Le tchernoziom, la terre noire. La terre russe. Sens donc !

– Batiouchka, je connais cette odeur. J'ai commencé à bêcher cette maudite glèbe à l'âge de cinq ans. Et je ne lui trouve aucune poésie.

– Tu n'es qu'un moujik ! le raillé-je gentiment.

– Cela, je l'admets volontiers.

Nous traversons mes terres à petite allure. Pour prétentieux que cela puisse paraître, j'aime dire : mes terres. Elles sont miennes, en effet, mais plus encore, elles sont ma chair et mon sang. J'éprouve une indicible fierté à contempler ces friches qui, l'été, blondissent en épis serrés et s'emplissent du chant des moissonneurs. Pour l'heure, la neige a tout enseveli, mais le printemps n'est pas loin. La perspective de pouvoir à nouveau me baigner dans l'étang et faire de la bicyclette m'enthousiasme.

Ma maison se dresse au centre d'un écrin de bouleaux centenaires que le frimas pare de guirlandes cristallines. À peine si, de la route, on peut distinguer sa façade mélancolique percée de fenêtres blanches. Quelle paix, quel silence ! Ici, je revis. Je ne suis pas revenu depuis l'automne. Une éternité.

Je laisse à Liocha le soin de dételer notre cheval et j'entre. L'odeur du feu dans la cheminée m'emplit d'un bonheur inexprimable. Chez soi. Je ne connais rien de meilleur. J'aime cette maison, ces meubles, mes petites affaires toujours rangées au même endroit. Ne plus jamais partir, demeurer ici pour toujours. Quel bonheur ce serait ! Je ne puis encore me le permettre, hélas.

Je me précipite au premier. Liocha a veillé à ce que mon bureau reste en l'état où je l'ai laissé. Le soleil entre et joue sur les murs pâles. Au centre trône mon vieux piano Becker, dont la Baronne m'a fait présent, parmi tant d'autres choses. La légende veut que le grand Tchaïkovsky lui-même ait joué son premier concerto sur cet instrument.

Sur ma table de travail, Liocha a rempli l'encrier et disposé du papier à musique. Il entretient mon antre avec le soin maniaque d'un conservateur de musée. Je jette pardessus et chapka sur une chaise, claque un accord sur le piano. Liocha m'a suivi. Il m'observe sur le seuil, un sourire amusé au coin des lèvres :

– Comment s'est passé votre séjour à Pétersbourg, Batiouchka ? Le ballet ? Le ballet a-t-il plu au tsar ?

– À la vérité, je n'en sais rien.

– Mais au moins vous l'avez vu ? Vous lui avez parlé ?

Les yeux de mon brave ami s'agrandissent d'émerveillement à mesure que je lui raconte ma brève entrevue avec le maître de toutes les Russies. Pour cette âme simple, approcher le tsar représente la plus grande faveur qui puisse être offerte à un mortel.

– Quelles sont les nouvelles, ici, Liocha ?
– M. Joubert est venu pendant votre absence.
– Encore ? Quoi faire ?
– Essayer le nouvel emplacement du canapé.
– Par exemple ! Je ne veux pas le voir durant mon séjour. S'il sonne, dis-lui que je ne reçois pas, que je suis malade ou n'importe quoi d'autre. Je n'ai qu'un désir : composer mon opéra. Je veux qu'on me fiche la paix.

Mes doigts continuent de courir sur le clavier. Une mélodie me traverse. Je chantonne. Liocha se retire sur la pointe des pieds...

25 janvier 1887

... Durant mon absence, le courrier s'est entassé. Mon agent français, Simon Berthelot, me presse d'accepter la proposition de jouer à Paris. J'hésite encore. J'éprouve une appréhension puérile à la seule idée de devoir quitter mon pays. Et puis la soif de composer s'est de nouveau emparée de moi.

Voilà plus d'un mois que la Baronne ne m'a pas envoyé le moindre billet. Son silence m'inquiète. Naguère, nous nous écrivions presque tous les jours. Progressivement, nos échanges épistolaires se sont réduits à quelques lignes hâtives, banales, qui parlent du temps qui passe. J'ai peur que son état de santé se soit aggravé. Par chance, Anna ne m'oublie pas. Elle m'envoie de longues lettres. Quelle charmante enfant ! Je l'aime comme une sœur. Et qui sait, bien plus encore. J'espère qu'elle se rendra au gala de bienfaisance du conservatoire. Nous trouverons là une occasion de nous revoir.

Dernièrement, Kusak a pris la plume pour me répondre à la place de la Baronne. Son initiative m'a choqué. Je le soupçonnais déjà de lire notre courrier. À présent, voilà qu'il y répond sans la moindre honte. Ces derniers mois, son influence n'a cessé de grandir. Il semble désormais tenir fermement les rênes de la maison Danilov. Cette situation n'est pas sans m'inquiéter. Qui pourra mettre un frein à l'appétit de cet arriviste ? Olga ? Elle voue une dévotion sans bornes à son mari. Volodia est instable. Quant à Anna, si le caractère ne lui fait pas défaut, elle est encore bien jeune.

J'ai de nouveau écrit à la Baronne. Je lui parle de Terre-Noire, des arbres figés et de la campagne ensevelie sous sa chape de neige. Chaque jour, je fais une longue promenade jusqu'à Kamarov. Je me garde de l'instruire sur le délabrement alarmant qui ronge son ancien palais. Soit par négligence, soit par manque de moyens, le nouveau propriétaire semble faire fi de son entretien. D'ailleurs il n'y vient jamais et préfère la vie mondaine de Moscou.

Son absence me permet de musarder dans les environs, à la recherche des images du passé. Je revois Anna, en robe de dentelles, un ruban dans les cheveux, nos poursuites et nos singeries... Me reviennent aussi les caprices d'Olga, les bouderies de Volodia, ou encore les longues promenades à dos de poney, Liocha tirant nos brides. Quand le soir venait, que les champs s'empourpraient sous les feux du couchant, je prenais place au piano, fourbu, apaisé, confiant. J'improvisais et, depuis la terrasse, la Baronne m'accompagnait de sa voix grave et mélodieuse. Il est difficile d'imaginer, à la vue de ces ruines, combien la vie pouvait être agréable et animée, ici. Quel déchirement était le mien quand, les vacances achevées, il me fallait retrouver la grisaille et la froideur de Pétersbourg.

Tout cela, je l'ai écrit à mon amie, ma Matiouchka, ma vieille confidente. Elle seule peut me comprendre. Une nouvelle fois, je lui ai demandé de faire l'économie de cette pension qu'elle continue de m'octroyer. Aujourd'hui, je suis en mesure de régler moi-même mes dépenses et de veiller seul à l'entretien de Terre-Noire. Mon ballet m'a rapporté plusieurs milliers de roubles et les concerts que je donne en qualité de pianiste m'aident aisément à assurer mon train de vie. Je sais qu'elle se sent coupable de n'avoir jamais pu me donner un vrai foyer. Pourtant, elle m'a donné bien plus que cela...

Quelle étrange mélancolie m'habite ce soir...

Par la fenêtre, j'observe le paysage s'enfoncer doucement dans l'obscurité. Liocha vient s'enquérir de mes désirs pour le souper. Je n'ai pas faim. Il hoche la tête, l'air mécontent.

– Il faut manger, Batiouchka. Ventre plein, idées saines...

– Je vais travailler, ce soir. Et l'on écrit mieux avec l'estomac vide.

Mon opéra me hante. Mais ce n'est pas là la raison de mon étrange morosité. Liocha, qui me connaît sur le bout des doigts, glisse en s'éloignant :

– C'est l'air d'ici, Batiouchka. Il porte à la mélancolie. Quand le vent vient de l'ouest...

– Crois-tu au destin, Liocha ?

– C'est nous autres Russes, qui avons inventé le Destin, l'oubliez-vous ?

– Oui oui... Mais y crois-tu ? Crois-tu que nous soyons guidés par une force intraitable qui nous pousse là où elle le désire ?

– Oui, Batiouchka. Le destin est comme un sillon creusé dans le champ. C'est parce que nous savons cela que nous supportons plus qu'il n'est supportable.

Sans doute a-t-il raison. Après son départ, je me mets au travail.

26 janvier 1887

Le sommeil m'a surpris à ma table de travail. Je n'ai pas entendu Liocha entrer. Il tire les rideaux. Un soleil radieux inonde la pièce. Je cligne des yeux. Je suis épuisé.

— Vous auriez dû aller vous coucher, Batiouchka.

— J'aurais dû. Mais tu sais bien que le vrai paysan dort rarement dans son lit.

Je prends un bain glacé. Je ne connais pas de meilleure thérapie pour retrouver la forme. Cette nuit, j'ai ébauché les grandes lignes du premier acte de mon *Hamlet*. Vers deux heures du matin, j'ai dû m'assoupir car mon vieux rêve est revenu me hanter. La Mort entrait dans la pièce. Elle ne m'était pas apparue depuis le conservatoire. De grands rideaux blancs flottaient sur son passage et sa faux balayait l'air sans un bruit. Elle est venue vers moi, m'a effleuré de ses oripeaux putrides, son haleine glacée m'a saisi de terreur. Et je me suis réveillé.

J'en frissonne encore.

... Vers midi, mon distingué voisin, M. Léonce Joubert sonne à la porte. Il affectionne ces visites improvisées, peu avant l'heure du déjeuner, avec le secret espoir qu'on le conviera à rester. Chez d'autres, la manœuvre relèverait de l'inconvenance. Dans son cas, il faut n'y voir qu'un peu de malice et une grande gloutonnerie.

La cinquantaine bien sonnée, le ventre en brioche, le visage poupin barré de gros favoris roux, Joubert est français. Il a quitté son pays voici plus de vingt ans pour devenir précepteur dans une riche famille de Moscou, à l'époque où c'était encore la mode. Son pécule amassé, il a préféré acheter des terres plutôt que s'en retourner à Strasbourg, dont il est originaire. Il prétend avoir exercé foule de métiers dans sa jeunesse : cocher, livreur, preneur de paris, et d'autres moins recommandables encore ! De son passage au Cirque d'Hiver, où il officiait comme Monsieur Loyal, il a conservé la faconde, le verbe haut et la science du fouet et des armes à feu qui siéent à cette éminente fonction.

La Baronne l'aime bien. Il venait la voir souvent et la distrayait avec mille histoires, inventées ou non. Joubert est de ceux que l'on accueille avec agacement pour regretter ensuite l'instant de leur départ.

Selon son habitude, il me donne l'accolade en s'écriant :

– Enfin ! Le prodige est de retour ! Tu m'as manqué. Je suis passé ici l'autre jour et... sais-tu bien que ton maudit valet m'a chassé à coups de bâton ? Ce malotru ? Ce moujik ?

Un sourire pervers se dessine sur les lèvres de Liocha. Je connais son animosité pour les Français en général et pour celui-ci en particulier. Et je crois surtout qu'elle vient de ce qu'ils font tous deux les yeux doux à la cuisinière.

– Il faut le pardonner, dis-je en français. Il a pour consigne de pas laisser approcher quelqu'un...

– « De pas laisser approcher »... Mmmh... Piètre français. On dit : de ne laisser approcher personne, mon jeune ami. Et je ne suis pas personne ! s'écrie-t-il avec une indignation cocasse. Je venais m'enquérir de votre santé à tous et voilà que ce rustre me saute presque dessus !

— Non, répond Liocha. Je l'ai surpris près de la porte de derrière, en train de pincer les fesses de la cuisinière. Allez lui demander.

— Joubert, vous êtes intenable, le gourmandé-je en me retenant de rire. Quant à mon français, il progresse, admettez-le, tout de même...

— Et qu'a-t-elle mijoté de bon aujourd'hui, cette brave fille ?

Liocha lève les yeux au ciel, exaspéré. Après tout, je ne suis pas fâché de cette visite. Joubert est le plus drôle des convives. Il a lu les critiques de Pétersbourg au sujet de mon ballet.

— Pfff... des idiots, voilà ce que j'en pense. Un opéra, mon garçon, voilà qui leur clouera le bec à tous. De nos jours, il ne suffit pas de composer des symphonies ou des concertos, et quant à la musique de ballet... La devise au cirque, c'est de viser toujours plus haut que ce que l'on se sent capable de faire. Délicieux, ce chou. Vous autres Russes savez faire cuire le chou. Redonne-moi un peu de kvass, mon garçon, avant qu'il ne perde son goût dans cette cruche abandonnée !

Joubert attend que Liocha s'éloigne pour me glisser à l'oreille :

— Connais-tu un type étrange, vêtu de noir, avec une figure de rat ? Un avocat à ce que j'ai compris...

– Cela ne me dit rien.

– Il semblait fouiner dans la région, je ne sais dans quel but. Mais une chose est certaine, Terre-Noire l'intéressait. Il posait des questions à droite à gauche. Heureusement, tu connais les moujiks : ils sont d'abord venus me voir pour savoir que répondre. Je leur ai recommandé de ne pas ouvrir la bouche. Ce qu'ils ont fait. Quand ce vilain curieux est entré sur mes terres, je l'ai prié d'en partir au plus vite, en le menaçant de lui lancer mes chiens aux trousses. Il a ri. Mais il est parti.

Je hausse les épaules. Je ne vois pas là matière à s'inquiéter. Des gens surprenants errent dans la campagne : mendiants, fanatiques religieux, colporteurs véreux...

– Quoi qu'il en soit, poursuit Joubert, tu ne devrais pas négliger ton entraînement au pistolet. D'ailleurs, nous allons y remédier sur-le-champ ! Suis-moi. À ton âge, il n'est pas bon de rester enfermé devant un piano à longueur de journée. Même pour un génie.

J'ai beau protester, me voici contraint d'aller chercher mes pistolets. Ce sont deux magnifiques armes anciennes, de facture anglaise, impressionnantes quant au calibre et cependant d'un maniement aisé. La Baronne me les a offerts pour mes dix-sept ans. Sur les crosses d'ivoire, elle a fait graver les armoiries des Danilov.

Tout en devisant de choses et d'autres, Joubert et moi marchons jusqu'à la clairière que forment les grands bouleaux. Là, la neige est moins profonde. Durant plus de deux heures, nous nous exerçons sur toutes sortes d'objets que nous disposons sur une souche. Il s'agit d'une joute et nous comptons les points avec un sérieux entrecoupé de mémorables fous rires. Joubert est battu. Il hoche la tête, conteste, pour admettre finalement la défaite.

– Le diable si j'ai jamais rencontré un tireur pareil ! s'exclame-t-il à tout bout de champ. Si la musique ne te rapporte pas assez, songe à entrer dans un cirque...

Quand nous nous séparons, le crépuscule dessine des cernes mauves dans la neige. Je regarde mon vieil ami s'éloigner. À l'extrémité du chemin, il se retourne et agite sa canne une dernière fois avant de disparaître. Je suis trop heureux, ici. Cela ne durera pas.

28 janvier 1887, au matin

Quelle terrible nouvelle ! Je suis abasourdi. Le télégramme gisait parmi la liasse du courrier matinal, anodin, banal. Comme il venait de Pétersbourg, je n'y ai d'abord pas prêté attention. Il était signé d'Anna.

– Liocha !

Liocha accourt et s'alarme de ma pâleur soudaine. Il avise le message. Les larmes lui viennent aux yeux. Sans un mot, j'enfile ma pelisse et pars à travers la campagne silencieuse comme un somnambule, la tête vide, les membres gourds.

La Baronne est morte. Elle s'est éteinte dans son sommeil durant la nuit. Je marche. Au hasard. Inconsciemment, je me dirige vers Kamarov. Je n'ai qu'une seule image devant les yeux, celle d'un petit garçon de six ans, enfermé dans la salle de musique, qui joue une comptine de sa composition. La porte s'ouvre brusquement et la silhouette d'une femme en noir se découpe à contre-jour, grande et sèche, le visage masqué par une voilette. À ses côtés, le directeur de l'orphelinat, d'ordinaire si imposant, semble ridiculement menu.

– Continue de jouer, mon enfant. Fais comme si nous n'étions pas là...

Je la trouve laide au premier abord, avec ses traits masculins et son expression hautaine. Je tremble. J'accroche des notes. Je suis effrayé. Je n'ai jamais joué devant un auditoire. Je termine péniblement, m'attendant à être puni. Et cette main maigre et blanche qui me tend un mouchoir de baptiste, brodé d'armoiries, et ces paroles qui semblent venir d'ailleurs :

– Viens mon petit, nous allons quitter cet endroit. Je t'emmène dans un château où tu seras chevalier. Mon chevalier...

Le vent s'est levé, un vent du nord, étrange et silencieux, qui disperse la brume accrochée aux balcons du palais vénitien... Flotte en paix, âme aimée. Revis en ces endroits solitaires, jadis joyeux. Que le sort peut se montrer injuste. Je le hais de toutes mes forces, pour ne pas haïr le Ciel.

DES OMBRES S'AGITENT

Journal d'Anna Danilov.

St Pétersbourg, 1er février 1887

Le son du glas résonne encore à mes oreilles, et le chuintement des pas dans la neige, et le cantique monotone des popes... Mère n'a pas souffert. Elle s'est éteinte durant son sommeil. Macha prétend qu'elle s'est éveillée un instant auparavant et qu'elle a chantonné une vieille rengaine.

L'église de l'Assomption est noire de monde. Pour l'occasion, les vieux amis de Mère se sont rassemblés : grands-ducs ou généraux bardés de médailles défilent devant le cercueil ouvert, exposé sur une estrade, selon la tradition. Chacun se recueille devant la frêle dépouille au teint de cire. Dans l'ombre, un orchestre à cordes égrène une marche funèbre.

Aux côtés d'Olga et Volodia, je reçois les condoléances. Cette tâche fastidieuse, dont il faut bien s'acquitter, a au moins le mérite d'occuper mon esprit en ces pénibles circonstances. Je jette de fréquents coups d'œil vers la porte, dans l'espoir d'apercevoir Stepan. Il arrive peu avant la fin de la cérémonie. Il porte encore son manteau de voyage. Sa seule présence me procure un intense soulagement. Il se mêle à la procession, à son tour s'incline devant le cercueil. Livide, maîtrisant à grand-peine son émotion, il s'approche de moi.

– Je craignais que tu n'aies reçu mon télégramme... Merci d'être venu.

Il hoche la tête, incapable de prononcer une parole.

– Cela fait si longtemps... Elle parlait sans cesse de toi. Elle ne pouvait plus écrire, tu sais, et n'osait pas te le dire. Mais elle relisait inlassablement tes lettres. Elle les connaissait par cœur.

Stepan acquiesce. Il embrasse Olga, passe sans même un regard devant Kusak qui a pris place parmi nous et se compose un masque d'affliction. En s'arrêtant devant Volodia, je crois qu'il espère un geste, une expression qui scellerait leur réconciliation en ces moments douloureux. Mais mon frère fait mine d'ignorer la main tendue et détourne les yeux. Stepan n'insiste pas et s'éloigne sans broncher. Mon cœur se brise à la pensée que je ne le reverrai peut-être plus. Car il n'est pas de ceux qui s'imposent. Et je crains que, Mère disparue, notre porte lui soit définitivement fermée...

6 février 1887

L'atmosphère du palais devient irrespirable. Volodia inaugure sa nouvelle fonction de chef de famille de bien étrange façon. Jusqu'aux obsèques, il n'a cessé de pleurer et de geindre comme un enfant. À présent, tout chagrin semble l'avoir quitté. Il se pose en autorité tutélaire. Il veut décider de tout et pour tous. Avec les domestiques d'abord, qu'il rudoie à tout propos, avec moi-même ensuite. Parce qu'il est l'aîné, il s'imagine pouvoir régir ma propre vie ! Voilà qui est nouveau, lui qui jusqu'alors ne se souciait que de mondanités.

Je n'entends pas me laisser faire. Tout à l'heure, je lui ai dit ma façon de penser. Il est devenu livide. Ses yeux ont roulé de colère et son méchant tic l'a repris. J'ai cru qu'il allait lever la main sur moi. Si Olga n'était entrée dans la pièce à cet instant, je ne sais si... Cette altercation m'a troublée. Il n'est pas question que je cède. Mon frère veut me tenir sous sa coupe. Il se fait des illusions. Dès demain, je ferai mes malles et j'irai habiter notre pied-à-terre dans la Perspective Nevsky.

... Encore tourmentée par ma dispute avec Volodia, je n'arrive pas à dormir. Il est tard. Un verre de lait me calmera, j'espère. Je répugne à appeler un domestique et préfère descendre moi-même aux cuisines. Comme je passe devant le salon de musique, je suis surprise d'y voir de la lumière. La porte ferme mal et s'entrouvre sans qu'on y prenne garde. Je jette un œil. Quel n'est pas mon étonnement d'y trouver Volodia et Kusak qui semblent tenir conseil à voix basse. Mon frère marche de long en large et gesticule. Quant à l'intendant, calmement assis sur le sofa, il fume tout en l'écoutant.

Il n'est pas dans mes habitudes de me montrer indiscrète, mais ce conciliabule nocturne ne me paraît rien augurer de bon. Volodia semble ressasser quelque mauvaise humeur et, tout en s'exaltant, sa voix monte.

– Je vous le dis, Piotr Maximovitch : à partir de maintenant, les choses vont changer, et chacun pourra sentir ce changement. Quant à Tchakarov, le temps des privilèges s'achève pour lui. Je ne suis pas dupe des manigances de ma sœur. Elle s'imagine sans doute qu'elle pourra le protéger de moi ! Ces femmes ! Mais rien ne se fera derrière mon dos. Rien. Je suis le chef de famille, à présent !

– Allons, un peu de patience, répond posément Kusak. Votre mère disparue, Tchakarov perd toute protection. Avant peu, nous allons pouvoir agir. Croyez-moi, ce n'est qu'une question de jours. Mais parlez-moi franchement. Je serais curieux de connaître les raisons qui vous font haïr ce jeune homme. Il n'est certes pas de votre monde mais il est brillant, cultivé... et presque votre demi-frère.

Volodia ricane :

– Mon demi-frère ? Moi seul l'ai percé à jour. Il a tout fait pour se faire prendre en pitié. Il a envoûté Mère avec sa musique, son prétendu génie. Mais il n'a jamais eu d'autre but que de profiter de notre fortune et de m'évincer, moi. Et il y est arrivé. L'idée même qu'il puisse posséder un peu de notre ancien domaine, notre terre en Ukraine, me révolte. Si nous étions encore au début de ce siècle, je jure que j'irais sur-le-champ le provoquer en duel et je lui mettrais une balle dans le crâne.

– Un duel ! s'exclame Kusak avec un petit rire. Mon cher Vladimir Karlovitch, la mode des duels a fait long feu. Vous vivez dans le siècle précédent. Diable ! Non, non, nous avons bien mieux à faire, croyez-moi.

– Expliquez-vous...

– J'ai moi aussi quelques raisons de haïr Tchakarov. Autrefois, j'avais pour ambition de devenir compositeur. J'avais un certain talent. Votre mère avait promis d'aider ma carrière et de m'accorder une bourse. Hélas, ce jeune prodige a fait son entrée. Elle n'a plus eu d'yeux que pour lui et m'a vite oublié. Voyez, je vous parle sans détours. Je vous ouvre mon cœur. Je suis resté à jamais blessé par le mépris dans lequel elle m'a tenu dès lors. Et par ailleurs, l'attitude de Tchakarov à mon égard...

– Eh bien ? Poursuivez...

– Une fois, je lui ai soumis un concerto pour violon que je venais de composer. Je lui ai demandé son avis. Il m'a rendu la partition avec un geste méprisant, en me disant clairement que cela ne valait rien. Je crois surtout qu'il redoutait que je lui fasse de l'ombre auprès de votre mère. Oui, j'aurais un certain plaisir à prendre ma revanche sur cet oiseau-là. Et cela ne tardera guère. Car la machine est déjà en route. Je vous l'ai dit, notre homme n'attend qu'un signe. Et cet homme-là, le diable lui-même en aurait peur...

– Oui, mais peut-on se fier à lui ?

– Aussi longtemps que nous lui graisserons la patte. Un instant...

Je n'ai que le temps de me jeter dans un coin d'ombre. Kusak vient de remarquer la porte entrebâillée. Il se lève pour la refermer avec soin, non sans avoir jeté un coup d'œil soupçonneux dans le couloir. Il s'est fallu de peu qu'il ne me surprenne. Ah, si seulement j'étais un homme, je serais entrée pour leur demander sans détour des explications à tous les deux ! Hélas, une jeune fille de dix-sept ans n'a pas cet aplomb, et je suis bien mal préparée à affronter une telle situation. Mais je resterai fidèle à mon serment : il me revient de veiller sur Stepan, dans la mesure de mes faibles moyens.

... Dans le plus grand secret, j'ai fait porter un message chez Stepan par l'un de nos plus dévoués cosaques. Je lui recommande de prendre toutes les dispositions nécessaires et de ne commettre aucune imprudence. Des forces malfaisantes semblent se liguer contre lui. À quel moment frapperont-elles, je l'ignore encore. Si je savais quoi faire pour empêcher cela... D'ores et déjà, je renonce à partir. Je dois rester ici, pour mieux surveiller ce qui se trame. Ils ignorent que je suis au courant de leurs manigances et cela me donne un avantage certain.

13 février 1887

Seigneur ! Je viens de vivre une aventure réellement excitante. Je ne sais par où commencer. J'ai encore le souffle court. Non, d'abord, je dois m'assurer que ma porte est bien fermée. Voilà, je me sens un peu plus tranquille. Tâchons de nous remémorer chaque détail.

Depuis quelques jours, je surveille discrètement les allées et venues de Kusak. C'est chose facile, car il se plaît à mener une existence économe et casanière. Il travaille fort tard dans la nuit. Il n'aime ni le jeu, ni les bals et Olga doit presque le supplier pour qu'il consente à l'emmener au théâtre. Une fois les comptes bouclés, il se réfugie dans la bibliothèque où il lit durant une bonne heure en compagnie d'un cigare. Pourtant, ce soir-là, j'entends qu'on attelle les chevaux dans la cour. Par la fenêtre, j'ai le temps de voir mon estimé beau-frère monter dans un traîneau. Le cocher est un nouveau venu qu'il a personnellement embauché voici quelques jours, une canaille du nom de Litrov. De telles escapades ne sont guère dans ses habitudes. Où compte-t-il se rendre à pareille heure ?

Sans prendre le temps de réfléchir, je descends aux écuries. Je ne suis pas mauvaise cavalière. À peine Kusak a-t-il franchi la grille du palais que je suis déjà en selle. Un épais brouillard asphyxie Pétersbourg. Ainsi, je ne risque guère d'être repérée. Le traîneau longe les Jardins Alexandre. Il tourne à gauche, puis à droite, s'arrête, revient subitement sur ses pas... Litrov semble craindre d'être suivi. Mais dans cette purée de pois, il ne peut pas me voir, tandis qu'il m'est facile de suivre ses lanternes à bonne distance. Tant de précautions confirment mon pressentiment qu'ils se rendent à quelque rendez-vous secret.

L'équipage file vers la Moïka gelée où se reflète la clarté ocre des réverbères. À hauteur du pont d'Hiver, il ralentit. Un autre traîneau est stationné là. Un homme de haute taille, élégant, coiffé d'un chapeau melon, en descend. Je distingue mal son visage. Sans hésitation, il se dirige vers Litrov qui vient de se garer à proximité. Il lui demande du feu. L'autre lui tend une allumette. Durant ce bref intermède, l'un et l'autre en profitent pour scruter discrètement les environs. Mon cheval renâcle. Je m'efforce de lui imposer silence. Ont-ils entendu ? Non, par bonheur. Je frémis à l'idée qu'ils puissent me découvrir.

Apparemment rassuré, l'homme se tourne vers Kusak. Ils entament un bref conciliabule.

Que ne donnerais-je pour savoir ce qu'ils se disent ! Je ne puis approcher davantage, pourtant, sous peine d'être repérée. Blottie sous un porche obscur, je me tords déjà le cou pour ne pas les perdre de vue. Mon beau-frère tend une enveloppe cachetée à la cire et fait signe au cocher. Litrov fouette ses chevaux et reprend le chemin du palais.

L'affaire n'a pas duré plus de deux minutes. À présent, c'est l'autre homme qui m'intéresse. Son identité m'intrigue. Il vient de repartir dans le sens opposé. Je claque des dents. Je suis partie si vite que je n'ai pu qu'enfiler mon manteau par-dessus ma robe d'intérieur. J'attraperai la mort si la filature s'éternise. Pourtant, mon désir de savoir est le plus fort. Me voici lancée sur les traces de l'inconnu. Son équipage file comme le vent. Je fais de mon mieux pour ne pas me laisser distancer. Il tourne si vite dans Fontanka que je crains un instant de le perdre. Je presse mon cheval. Et je tombe dans le piège tendu.

Le traîneau s'est arrêté juste après l'angle et l'homme au melon en est descendu. Appuyé sur sa longue canne noire, il semble m'attendre. Je ne suis pas près d'oublier son visage blême, aux yeux bleus proéminents et fixes. Un collier de barbe blonde, parsemé de frimas, dissimule une bouche sévère. Il sourit, laissant paraître une dentition inégale et répugnante.

– Chère demoiselle ! lance-t-il, faussement galant. Permettez-moi de croire que mon charme seul vous a poussée à risquer votre santé par ce froid...

Il doit ignorer qui je suis. Heureusement, la voilette rabattue sur mon visage ne lui permet pas de m'identifier, ni de voir ma peur. Je sens qu'il me faut coûte que coûte conserver mon sang-froid. Devant un serpent prêt à mordre, mieux vaut éviter les faux mouvements. Son cocher, un homme énorme et moustachu, me dévisage sans aménité. J'ai la gorge sèche. La rue est déserte. Ces deux-là pourraient me faire un mauvais sort sans que quiconque vienne à mon secours. Je me sens bien seule.

– Ôtez-vous de mon chemin ! lancé-je de ma voix la plus assurée. Je cherche un médecin. Nous avons un malade chez nous. Êtes-vous médecin ? Sinon, laissez-moi le passage.

Je feins la colère, tandis que je me sens presque défaillir de peur. Il hésite.

– Vraiment ? Pardonnez-moi, j'avais le sentiment que vous me suiviez...

– Vous vous flattez, monsieur. À présent, auriez-vous l'obligeance de me laisser poursuivre ma route ? Ou dois-je appeler la police...

– La police ! s'exclame-t-il, narquois. Ce ne sera pas nécessaire... Vous trouverez un docteur au bout de la rue. Il est très bien.

Je hausse les épaules, comme si son avis ne m'importait guère. Je trouve mon rôle plutôt réussi. Non, je suis folle. Il n'a pas été dupe un seul instant. Mais il semble pressé. Il fait un signe au cocher. Je suis obligée de les dépasser.

Je feins chercher l'adresse qu'il vient de m'indiquer. Ce faisant, je jette un coup d'œil par-dessus mon épaule. Et s'il s'avisait de me suivre à son tour, que faire ? Mais le traîneau n'a pas bougé. L'homme vient d'entrer dans l'un des immeubles, au numéro 16 très précisément. Le numéro 16 est très reconnaissable. Tout Pétersbourg connaît le quartier général de l'Okhrana, la police secrète du tsar...

Journal de Stepan.

St Pétersbourg, 15 février 1887

Je suis intrigué par le billet que m'a fait remettre Anna. Elle me met en garde contre les agissements de son beau-frère, mais en termes si vagues, si obscurs, que j'ai peine à croire à la réalité de ses soupçons. Elle m'enjoint de quitter Pétersbourg, de retourner à Terre-Noire. Elle oublie que je dois participer au concert de bienfaisance du conservatoire, où elle-même doit se rendre à ce que j'ai compris.

Chère Annouchka. Hélas, les circonstances ne se prêtent guère à l'inclination des cœurs. Pourrons-nous jamais nous retrouver seuls comme par le passé ? Parler de tout, de rien, rire des choses et des gens, de la vie qui passe ? Les choses étaient simples, à Kamarov. Nous allions par les routes de campagne. Je la revois qui me donnait le bras. Elle jouait les grandes dames en faisant tourner son ombrelle sur son épaule. Qu'elle était drôle et enjouée ! Le soleil donnait à ses cheveux des reflets paille et ses yeux myosotis se plissaient de joie simple et enfantine. Étais-je fier d'accompagner une telle élégante ! Et ravi que les autres promeneurs se retournent sur notre passage en chuchotant. Il faut croire que nous formions un joli couple !

Une fois, je me rappelle, le ciel s'est soudain obscurci et un violent orage a éclaté. Bravant l'averse, nous avons couru nous mettre à l'abri d'un saule. Là, haletants et trempés, nous avons attendu la fin de la pluie, serrés l'un contre l'autre. Un instant, le même désir de sceller ce merveilleux moment par un baiser nous a traversés. Et moi, timide ou idiot, je ne sais, un scrupule m'a retenu. Pourtant, nombre de fois dans l'enthousiasme de nos poursuites, nous nous étions étreints et nos lèvres s'étaient frôlées. Mais j'ai eu le sentiment cette fois-là qu'il ne s'agissait plus d'un jeu d'enfant. J'ai hésité. J'ai ri sottement. Anna aussi, mais il y avait de la déception dans ce rire.

Je n'ose penser qu'elle éprouve pour moi de véritables sentiments. Si c'était le cas, j'en souffrirais trop… Car Anna ne m'est pas destinée. Elle l'ignore encore, mais son rang est trop élevé pour épouser un simple compositeur, fût-il bien considéré par la cour. Sa famille – son frère au premier chef – s'y opposerait à coup sûr. Un jour prochain, elle rencontrera quelqu'un de son monde, au cours de quelque bal, et m'oubliera. Je le sais. Je m'y suis préparé. Je ne suis pas un Danilov, même si un temps, je l'avoue, j'ai caressé l'espoir de le devenir. Dans le fond, je ne désire que son bonheur. Moi, mon destin m'entraînera dans une autre direction, je le pressens.

Je l'appréhende.

16 février 1887

En pénétrant dans la salle d'honneur du conservatoire, j'ai peine à dissimuler mon émotion. Ces lustres, ces boiseries, ces couloirs tortueux me semblent appartenir à un lointain passé. Et pourtant ! Ils étaient encore tout mon univers voici peu. Ai-je réellement passé ici cinq ans de ma vie ? Nombre de mes anciens camarades ont tenu à être présents eux aussi à ce concert de charité. Iossip et moi sommes entourés dès notre arrivée. Nous bavardons, nous trinquons, nous évoquons des souvenirs de potaches. Certains camarades sont devenus professeurs ou membres d'un orchestre. D'autres sont entrés dans de riches familles comme précepteurs.

Iossip est nerveux. Il regarde autour de lui sans arrêt, sursaute dès qu'on le touche. Depuis mon retour de Terre-Noire, je le trouve changé. Il a perdu de sa joie de vivre. Il semble accablé par les soucis, s'offusque à la moindre question. Après tout, il est peut-être amoureux…

Anna est ici. Assise au premier rang, parmi les marraines de cet événement, elle tient sa place, et avec quelle dignité. La Baronne était l'une des bienfaitrices les plus attentives de cette institution. Sa fille se doit à présent de la remplacer. Ma jolie sœur est vêtue d'une robe grise, toute simple, sans apparat. Comme elle a changé. Comme son sourire est grave, empreint de tristesse et de solennité. Ce n'est plus une adolescente qui tend cette main fine et gantée aux messieurs, mais bien la nouvelle baronne Danilov. En si peu de temps, elle a acquis un maintien, un port de tête qui ne trompent pas sur son rang.

Sitôt qu'elle me voit, elle prend congé de ses admirateurs et se dirige vers moi. Elle ne me laisse pas le temps de dire un mot :

– As-tu reçu mon message ? Stepan, écoute, tu dois quitter Pétersbourg. Kusak trame quelque chose. Il manipule mon frère. J'ignore ce qu'ils ont en tête, mais ils t'en veulent. Fais très attention, je t'en conjure…

Elle a tout débité d'un trait, sans reprendre son souffle. Elle semble réellement inquiète. J'ai peine à la calmer.

– Voyons, Annouchka. Je n'ai rien à me reprocher. Kusak ou ton frère ne peuvent rien contre moi. Je renonce à tout héritage. Je renonce à quelque droit que ce soit. Je ne veux rien.

– Et Terre-Noire ? Volodia a juré de reprendre ce domaine. Il en parle tout le temps, ouvertement devant moi.

– Voyons, je dispose d'un acte de cession en bonne et due forme. Écoute, Liocha et moi venons tout juste de rentrer et...

– Si tu les avais entendus comme moi l'autre nuit, tu ne prendrais pas tout ceci à la légère. Crois-moi. Ils ont fomenté un plan. La mort de Mère leur donne le champ libre, à présent. Méfie-toi d'eux. Je ne plaisante pas. J'ai filé Kusak l'autre nuit. Il avait un étrange rendez-vous...

Elle me raconte de quelle façon elle a suivi son beau-frère en pleine nuit, jusqu'au pont d'Hiver où il aurait rencontré un personnage mystérieux, peut-être un agent de l'Okhrana. Les péripéties de son aventure sont dignes d'un roman. Je la prends gentiment par les épaules.

– Je crois que tu te fais des idées Annouchka. Mais si quelque chose était tenté, crois-moi, je suis de taille à me défendre. Ne t'inquiète pas. D'ailleurs, je n'entends pas rester à Pétersbourg. Cette formalité achevée, je retourne en Ukraine. Es-tu rassurée ?

L'entrée du tsarévitch coupe court à notre conversation. L'orchestre entonne l'hymne national. Nicolas prend place, escorté par un essaim de dignitaires de l'empire et d'ambassadeurs étrangers. À peine pourtant si on le remarque. Il est mince, de petite taille. Les gens ne lui témoignent pas le même respect craintif qu'à son père, tant s'en faut. Sanglé dans son uniforme de hussard, il affecte une prestance un peu forcée. Cette timidité me le rend sympathique.

Le concert ne va pas tarder à commencer. Le chef d'orchestre, l'un de mes anciens professeurs, m'adresse des signes désespérés. Il est temps pour moi de prendre place. Mon concerto est au programme. J'embrasse Anna sur la joue et grimpe sur l'estrade. Quelques courbettes d'usage et je m'installe devant mon instrument. Je martèle mon introduction avec beaucoup de conviction. Flattés par l'occasion qui leur est offerte de jouer devant un tel parterre, les étudiants me répondent avec le même enthousiasme. Mes arabesques trouvent un écho vigoureux chez les cuivres, une tendresse mélancolique chez les cordes. Transporté, je me permets de prendre le presto final plus vite encore qu'indiqué par mes soins, au grand dam du vieux babouin qui dirige, et nous terminons sur un éclatant tutti !

Le public nous gratifie d'une belle ovation. Je me lève, m'incline sans trop de solennité. Devant le succès, j'offre un bis, un pot-pourri composé des principaux thèmes du *Chat Botté*. Nouveaux applaudissements. On me fait savoir que le tsarévitch tient à me féliciter personnellement. Je me présente à lui. Il ôte ses gants beurre frais et me tend une main molle, mais chaleureuse. Il a toujours ce regard rêveur et tendre, presque enfantin, que je lui ai vu l'autre soir.

– Monsieur Tchakarov, votre musique est divine. Sachez que je l'apprécie beaucoup. J'en ai fait exécuter une réduction pour quatuor, de sorte qu'il m'est possible de l'entendre chez moi, à Tsarskoïe Selo.

Je suis sincèrement touché par ce compliment.

– J'aimerais vous présenter l'ambassadeur d'Angleterre, Sir Charles Moran. Vous l'avez littéralement subjugué.

L'ambassadeur est un homme bedonnant mais énergique, aux tempes grisonnantes, à la moustache raffinée.

– Je n'ai rien entendu de tel depuis Liszt, m'assure-t-il. Votre virtuosité est confondante, monsieur Tchakarov.

Liszt ! Il me compare à Liszt ! Ces Anglais sont fous. D'anciens professeurs lui emboîtent le pas avec des compliments pompeux. Je réponds froidement. Je n'ai pas oublié que certains d'entre eux me tenaient en piètre estime dans le temps. J'ai la rancune tenace. Je suis fait ainsi.

On annonce que la tombola va commencer. La salle se vide peu à peu dans un chahut réjouissant. Le tsarévitch est accaparé par un cercle de bienfaitrices. J'en profite pour m'éclipser. Où est Iossip ? Il semble s'être volatilisé. Je pars à sa recherche, supposant qu'à son habitude, il a trouvé du réconfort auprès du punch. Je me trompe.

Qu'à cela ne tienne, je flâne dans le bâtiment. Je rends visite à mes anciennes salles de classe, au dortoir inconfortable. Il y fait toujours aussi sombre, aussi froid. En redescendant, je tombe sur Privakov et Milioukhine, les inséparables, que je n'avais pas revus depuis notre soirée chez Pripine. Chacun d'eux tient à la main un bouquet de tracts qu'il secoue en riant à gorge déployée. En me voyant, ils s'écrient :

– Il l'a fait ! Regarde, cet imbécile l'a fait !

Ils me tendent le dernier exemplaire du *Canon*. Je comprends que Pripine a mis son stupide projet à exécution. Par quelle ruse s'est-il introduit dans l'enceinte ? Il a pour ainsi dire inondé les couloirs de sa feuille de choux, allant dit-on jusqu'à en jeter aux pieds du tsarévitch. L'indignation est générale. Ce bel exploit semble faire hurler de rire les duettistes. Puisse le Grand Protecteur des Inconscients les prendre en sa sainte garde ! Tout cela finira mal.

J'aperçois enfin Iossip dans le hall presque désert. Il n'est pas seul. Un homme de haute taille, tout de noir vêtu, lui tient compagnie. Il lui parle à l'oreille. Le gaillard est affublé d'une figure étrange, anguleuse, mangée par des yeux proéminents très bleus. À mon approche, Iossip lui bredouille quelques mots d'excuse et se hâte de venir à ma rencontre.

– Je... J'ai retrouvé une vieille connaissance et...

Sa voix blanche, son regard fuyant, m'indiquent qu'il n'est pas à l'aise. Je cherche son interlocuteur des yeux. Il s'est déjà éclipsé.

– Qui était ce croque-mort ?

– Personne d'important. D'ailleurs, en quoi cela te regarde-t-il ? Tu n'es pas ma mère...

– Cesse donc de faire ton mal embouché. Je n'ai posé qu'une simple question. Tu devrais franchement me dire ce qui ne va pas. Tu deviens imbuvable, ces derniers temps.

– Fiche-moi la paix. Continue de t'amuser. Après tout, c'est toi le roi de la fête, comme toujours !

Et sur ces mots, il me plante là et s'en va. Je n'en reviens pas. Quelle mouche l'a piqué ?

– Stepan !

Je tressaille. Anna s'est glissée derrière moi sans que je l'entende. Elle semble plus pâle encore que tout à l'heure.

– Stepan, as-tu vu cet homme ? Celui qui bavardait avec ton ami Iossip à l'instant...

– Oui, justement, je lui... Eh bien quoi ? On dirait que tu as vu un fantôme...

– C'est lui, Stepan ! L'homme que Kusak a rencontré l'autre soir, l'homme que j'ai suivi jusqu'au siège de la police secrète...

LE PIÈGE À RATS

Journal de Stepan.

St Pétersbourg, 16 février au soir

Iossip n'est pas rentré du concert. Je m'inquiète pour lui. Si seulement il pouvait me confier ce qui le préoccupe. Sur le coup de onze heures, on frappe à la porte. Je sursaute. Cette fois, je suis décidé à obtenir une explication sur l'étrange comportement de mon camarade. Hélas, ce n'est pas lui. Liocha revient. Il porte un message.
– Pour vous, Batiouchka.

C'est un billet de Iossip. Il me prie de l'excuser pour son attitude de cet après-midi et me convie à me rendre chez Pripine où, dit-il, il m'expliquera tout. Qu'à cela ne tienne. En un clin d'œil, je m'habille.
– Ne m'attend pas, Liocha. Va dormir.

Le brave garçon hoche la tête, mais je sais qu'il ne fermera pas l'œil avant mon retour. Comme la troïka s'engage dans Millinaïa, un trouble curieux s'empare de moi. L'avenue est presque déserte, à l'exception de deux individus qui déambulent à moitié ivres. Tout semble calme. Quelques flocons de neige virevoltent paresseusement. Devant l'immeuble de

Pripine, un jeune homme tire sur sa cigarette, adossé à un fourgon de livraison. Je fais signe au cocher d'arrêter.

Quelque chose cloche. Calmement, les mains dans les poches, col relevé, ma houppelande couvrant le bas de mon visage, je m'introduis dans l'immeuble. Le livreur me jette à peine un regard. Étrange, un livreur à cette heure… Allons, je me fais certainement des idées. Les paroles d'Anna m'ont impressionné, voilà tout et… À peine ai-je atteint le palier du second qu'un grand fracas se produit. Cris, coups de sifflets, bruits de lutte… Une détonation claque. Je bondis. En bas, des hommes en noir se précipitent à leur tour dans l'escalier. Je suis pris entre deux feux. J'arrive devant chez Pripine. Sa porte est défoncée. J'ai juste le temps de jeter un coup d'œil à l'intérieur : une dizaine de policiers a investi les lieux. Ils renversent tout sur leur passage, frappent les occupants et les obligent à se coucher par terre, où ils continuent de les maltraiter à coups de pied et de bâton. La confusion est telle que personne ne me voit passer.

Je me réfugie au quatrième, dans un recoin sombre d'où je peux observer toute la scène. Les hommes en noir viennent de rejoindre les policiers et leur prêtent main forte. À leur tête, un homme grand et maigre donne des ordres brefs. Un instant, j'aperçois son visage dans la clarté chiche de la veilleuse. Je le reconnais sur-le-champ : le croque-mort ! Celui-là même qui parlait à Iossip tantôt. Anna ne s'est pas trompée. Qu'est-ce que cela peut bien vouloir dire ?

À son entrée, toute lutte cesse. Un silence lourd, étouffant, succède au tumulte. Il ordonne qu'on évacue tout le monde. Un par un, ils passent à quelques mètres de moi, menottes aux poings et tête basse. Parmi eux je reconnais Privakov et Milioukhine, d'autres encore qui sont des habitués du Grand Salon des Débats. En dernier paraît Iossip, entraîné par deux solides gaillards. Mon estomac se serre douloureusement. Le piège s'est refermé sur lui aussi. Mais Pripine ? Qu'est-il advenu de Pripine ?

– Et l'autre ? lance Croque-Mort.

– Quel autre ? répond un des policiers.

Cette réponse lui vaut une gifle retentissante.

– Comment est-il possible que vous l'ayez manqué ? Nous l'avons laissé entrer tout exprès ! N'avez-vous pas posté quelqu'un de garde devant la porte ?

– Mais... Je... Il y avait du grabuge là-dedans et...

– Pauvre idiot ! C'est lui qu'il me faut. La maison est fermée, trouvez-le !

Soudain, une voix s'écrie :

– Vive *Le Canon* ! Vive la social-démocratie !

Une vitre se brise. Des coups de feu claquent. Le groupe se précipite à l'intérieur. Quelques secondes s'écoulent, chargées d'angoisse, et puis les voilà qui ressortent, traînant

Pripine par terre, couvert de sang, les yeux révulsés. Dans sa main droite, il tient son pauvre journal comme s'il s'agissait d'une épée. Est-il seulement vivant ? Hélas, je ne puis lui porter secours. Je dois songer à moi et m'échapper de ce piège à rats. En bas, Croque-Mort commande :

– Laissez donc celui-ci ! Fouillez l'immeuble ! Chaque appartement, chaque réduit. Je me fiche qu'on doive réveiller tout le monde. Où est le dvornik[1] ? Donne-moi les clés, imbécile !

Ils se mettent à tambouriner aux portes. Le remue-ménage qui s'ensuit me permet de gagner le dernier étage sans être remarqué. Par chance, je connais la maison dans ses moindres recoins. Un jour, Pripine m'a montré comment gagner les toits. Il m'a expliqué qu'il pourrait fuir par là, si la police venait le prendre. Il avait présumé de sa vigilance.

Une étroite fenêtre, condamnée par deux robustes barreaux, donne sur un escalier extérieur. L'un des deux est descellé à dessein. Je possède une certaine agilité. Je me glisse sans peine par l'ouverture, en prenant soin de remettre le barreau à sa place afin d'effacer la trace de mon passage. À peine ai-je pris pied sur la corniche que les policiers arrivent. Ils courent, ils braillent et agitent l'air en vain.

Le souffle court, je m'efforce de ne pas regarder le vide ouvert sous mes pieds. Pouce

---

1. Concierge et surveillant d'immeuble, souvent informateur de police.

après pouce, je me déplace le long de la saillie verglacée, collé à la paroi. Je tends la main, saisis l'échelle qui mène au toit. À l'intérieur, les policiers échangent maintenant des invectives. La trappe d'évacuation est verrouillée. Le dvornik arrive sous les quolibets avec le trousseau de clés.

Tel un funambule, je me fraie un passage entre les cheminées fumantes. Un faux pas peut à tout moment me précipiter quatre étages plus bas. À cette hauteur, le vent glacé perce sans peine mon manteau. Je suis transi jusqu'aux os. Tantôt à genoux, à quatre pattes, ou à plat ventre, je parviens à gagner le rebord. Je me laisse tomber sur le toit des écuries. Déjà la rue s'emplit de coups de sifflets.

Je bénis Pripine de m'avoir dévoilé son plan d'évasion. Je trouve sans peine la lucarne cassée dont il m'a parlé et je m'introduis dans les stalles. Après le terrible froid du dehors, l'odeur de la paille et du cuir m'offre un immense réconfort. Je ne suis pas pour autant tiré d'affaire. Je me glisse entre les chevaux rendus nerveux par l'agitation. Mais Liocha m'a enseigné comment les calmer. Je vais de l'un à l'autre, je les caresse, je murmure des paroles apaisantes. Je crains qu'ils ne donnent l'alerte. On secoue la porte principale. Par chance, elle est verrouillée par des chaînes. Peu à peu, le bruit s'éloigne. Je me laisse tomber dans le foin, désemparé. Je n'ai d'autre alternative qu'attendre le jour.

Vers cinq heures, je m'éveille en sursaut. Quelqu'un ôte le cadenas. Je n'ai que le temps de me dissimuler derrière une calèche. Deux palefreniers entrent en sifflotant et commencent à vaquer à leurs tâches quotidiennes. À peine ont-ils le dos tourné que je m'éclipse. La rue est déserte. Au carrefour suivant, je hèle un traîneau.

L'aube se lève lorsque je regagne mon appartement, encore bouleversé par mon aventure nocturne. Je n'arrive pas à chasser de mon esprit la terrible vision de Pripine ensanglanté et des autres, emmenés de force, menottes aux poignets. Que faire ? Comment venir à leur secours ? J'envisage mille projets, mille démarches. Je vais de long en large dans le salon, meurtri, égaré, quand la sonnette retentit. Malgré moi, un frisson me traverse tout entier. Liocha va à la porte. Je l'ai mis au courant de tout. Sa première réaction a été de préparer mes malles.

– Qui dois-je annoncer, monsieur ? demande-t-il au visiteur.

– Veuillez dire à M. Tchakarov qu'il s'agit d'une affaire de la plus haute importance et qu'il serait bien avisé de me recevoir.

Je dois faire un effort surhumain pour dominer ma peur. Cette voix, je pourrais la reconnaître entre cent. Croque-Mort. Ils m'ont donc identifié. À coup sûr, il vient m'arrêter. Je jette un coup d'œil par la fenêtre. Deux hommes stationnent devant l'entrée. Je suis pris au piège. Mon instinct me commande de fuir. Non. Non et non. Je n'ai rien à redouter. Pourquoi devrais-je me sentir coupable ? J'ouvre tout grand les vantaux du salon et fait face au policier. C'est la première fois que je peux vraiment le dévisager. Je me rappelle soudain le curieux dont m'a parlé Joubert à Terre-Noire. Serait-ce le même personnage ? Du moins la description le laisserait supposer. Sa figure n'est décidément pas banale. Ses yeux bleus, immenses, son nez de furet, ses dents inégales et jaunes...

– C'est bon, Liocha, je m'en occupe.

Croque-Mort sourit en le regardant s'éloigner.

– Que voulez-vous ?

– Monsieur Tchakarov ! Je suis ravi de vous rencontrer enfin. On m'a tant parlé de vous... Nikolaï Romanovitch Bourtsev. Tel est mon nom. Me permettrez-vous d'entrer ?

– C'est déjà fait, je crois, rétorqué-je froidement, peu disposé à m'en laisser compter.

– Vous occupez cet appartement avec un certain... Iossip Fedorovitch Velich. Il a été arrêté cette nuit...

– Vraiment ?

– Vous ne semblez guère surpris. Mais n'ayez aucune crainte. Aucun mal ne lui sera fait. S'il est innocent des soupçons qui pèsent sur lui. En revanche, les autres risquent gros, en particulier ce Sacha Pripine, lequel a tenté de fuir par la fenêtre. Ridicule. Il a pris une balle et se trouve dans un état alarmant. Vous le connaissez, je crois ?

– En effet. Il fait partie de mes relations. Pour le reste, je ne vois pas de quoi vous parlez.

Il hoche la tête, sourit de nouveau. Ses yeux sont réellement effrayants, bleus comme des saphirs.

– Maestro, croyez bien que je n'agis pas de gaieté de cœur. Vous êtes un homme intelligent. Nous avons à parler. Que vous le souhaitiez ou non, votre nom est mêlé à cette affaire. Vous êtes compromis. Vous saviez bien sûr que ce Pripine et quelques autres se livraient à des activités subversives... Et qu'ils fomentaient un complot contre le tsar. Nous avons arrêté toute la bande, à l'exception d'un seul. La faute en revient aux policiers. Des imbéciles, indignes de leur uniforme. Peu importe, d'ailleurs, puisqu'il est identifié. Vous fréquentiez assidûment le cercle de Pripine, mieux, vous en étiez l'un des principaux animateurs...

J'ai peine à contenir ma colère.

– Vous travestissez la vérité. Je reconnais bien là les méthodes de l'Okhrana[1]. Oui, nous nous réunissons parfois chez lui pour déclamer des poèmes et faire de la musique. J'ai connu Pripine par hasard, au cours d'une fête d'étudiants. Il est fou, indiscipliné, mais certes pas dangereux. Il souffre d'avoir été rejeté par sa famille. Aussi cherche-t-il à se faire remar-

---

1. Police secrète du tsar.

quer d'une façon ou d'une autre. Quant à moi, je nie toute activité politique.

– Vraiment ? Pourtant, maints témoignages attestent de vos idées libérales. Voici peu, n'avez-vous pas insulté un policier devant le Théâtre Maryinsky ?

– Ce porc rossait un enfant !

Bourtsev semble réprimer un petit rire.

– Il est désormais établi que Pripine complotait contre l'État, ainsi que les dénommés Milioukhine et Privakov. S'ils réchappent aux interrogatoires, leur route pour la Sibérie est toute tracée. Quant à vous, il est clair que vous avez profité de votre position pour protéger et entretenir ces terroristes...

Quelle absurdité. J'éclate de rire.

– Oui... riez, Stepan Petrovitch... grince mon interlocuteur. Un rapport de police vous concernant a déjà été envoyé à Sa Majesté en personne. Elle est fort irritée par ce qu'elle vient d'apprendre. Vous avez trahi sa confiance et son estime...

Je me lève d'un bond.

– Comment ? C'est de la diffamation pure et simple.

Je suis atterré. Les mots me manquent et Bourtsev semble se délecter de ma confusion.

– Vous avez de la chance, mon jeune ami. Beaucoup de chance. S'il n'avait tenu qu'à moi, je vous aurais volontiers conduit à la prison Kresty avec les autres. Mais Sa Majesté redoute qu'un tel scandale, en vous éclaboussant, ternisse la réputation du conservatoire dont vous êtes la fierté, dit-on. Voici quel est son arrêt : dès l'aube, vous aurez quitté la Russie. Vos œuvres seront retirées de l'affiche et votre nom ne sera plus publié, ni prononcé. Vous êtes banni.

Je bous de colère et d'indignation :

– Jamais je ne me prêterai à une telle mascarade. Je refuse. J'irai trouver le tsar en personne et je lui expliquerai de quelle étrange façon sa police agit envers les innocents.

– Je doute fort que Sa Majesté vous reçoive. À votre place, je n'aboierais pas trop. Le temps vous est compté. Entre nous, je serais ravi de vous voir encore ici demain. Car alors, vous seriez à moi. Complètement à moi. Le tsar lui-même ne pourrait vous sauver. Et vous ne sauriez imaginer quelle satisfaction cela me procurerait...

Hors de moi, je m'empare du tisonnier. Je n'ai qu'un désir : fracasser la tête de cet immonde individu. Calmement, il a fait jaillir un petit revolver dans sa main. Je vois dans ses yeux qu'il va presser la détente, qu'il n'attend qu'une occasion. Par bonheur, Liocha se glisse derrière lui, prêt à intervenir. Bourtsev l'a entendu. Il se ravise. Son sourire reparaît.

– Cher Stepan Petrovitch, ne soyez pas puéril. Mettez à profit le délai accordé par le tsar. Une nuit, c'est bien court. À l'aube, la chasse sera ouverte. Voici l'oukase[1] de Sa Majesté. Bon voyage, maestro...

---

1. Édit promulgé par le tsar.

Il soulève son chapeau et se retire, me laissant figé, stupéfié, mon tisonnier dans une main, l'ordre du tsar dans l'autre. Je me laisse tomber dans un fauteuil, hagard et grelottant. Tout est si soudain, si imprévu, comme un coup de poignard qui m'aurait frappé en plein cœur.

– Un complot, Liocha. C'est un odieux complot...

– Batiouchka, je vous suivrai là où vous irez. Je ne vous demande ni gages, ni rien d'autre que rester à vos côtés...

À peine si je prête attention à ses paroles. Tel un automate, j'attise les braises mourantes avec le tisonnier.

– Ils n'oseront pas mettre leur menace à exécution. Je ne peux pas le croire. Le tsar ne laissera pas s'accomplir une telle chose...

– Batiouchka, ne rêviez-vous pas de donner des concerts à Paris ? La vie est agréable en France, c'est du moins ce que l'on dit. Vous en profiterez pour écrire cet opéra qui vous tient tant à cœur...

Je tire sur mes boutons de manchette.

– Il se fait tard. Si nous allions déjeuner ? Je n'ai rien avalé depuis hier. Nous pourrions aller au théâtre ensuite ?

Liocha me contemple, effaré.

– Batiouchka, mieux vaut ne pas commettre une telle imprudence. Vos bagages sont prêts. Partons sans plus tarder.

Cela ne peut être réel. Impossible. La vie va

reprendre son cours normal et insouciant. Fuir ? Quitter mon pays, peut-être pour toujours ? Abandonner Terre-Noire ? Ma musique ? Que deviendra ma musique ? Et Anna ? Je m'arrache à ma méditation morbide. Liocha a déjà entassé des malles dans le vestibule. Il attend un ordre. Rapidement, je griffonne un billet.

– Je t'en prie, porte ce message à Anna. Ne le remets à personne d'autre. Raconte-lui tout. Et aussi que je ne puis la voir sans la mettre en danger. Je lui écrirai plus tard, plus longuement. Là où nous allons. Et qui sait où nous allons ?

Liocha s'exécute. Il a les larmes aux yeux.

Billet d'Anna Danilov à Stepan.

17 février au soir

Cher Stepan,

Liocha vient de me conter la terrible situation à laquelle tu es confronté. Le pauvre garçon est tellement accablé que son bégaiement l'a repris. Il est devant moi. Est-il nécessaire de te dire que je te sais innocent de tout crime ? Crois-moi, il ne s'agit pas d'une coïncidence. Je suis certaine que tout cela a été médité et combiné de longue date. Ils attendaient seulement le bon moment. Voilà ce qu'ils tramaient : un complot visant à te déshonorer, à te jeter en prison. Pourquoi n'avoir pas pris au sérieux mon avertissement ? Hélas, il est bien tard. Il faut agir. Toi, ne tarde pas ici davantage. Pars au loin tant que tu jouis de ta liberté. Tes adversaires sont redoutables. À commencer par mon beau-frère ! Il ne serait pas mécontent que tu te fasses prendre avant de passer la frontière... Un accident est si vite arrivé.

Mon cher, mon bien-aimé Stepan : pars sans perdre un instant. Échappe-leur. Ce Bourtsev a dû te dire la vérité. S'il n'a pu te serrer entre ses griffes, c'est qu'un pouvoir plus fort que le sien s'y est opposé : celui du tsar. Peut-être n'avaient-ils pas prévu cela. Profite donc de la chance qui t'est donnée. J'imagine combien il t'est pénible de quitter la Russie. Je sais combien tu es attaché à ta terre noire. Mais dis-toi que je reste ta fidèle alliée ici, que j'œuvrerai pour toi jusqu'à ce que les malentendus soient dissipés et ton honneur lavé. J'ai des relations à la Cour. Courage. Écris-moi je t'en prie. Si j'osais, je te donnerais un baiser d'adieu. Prends-le. Le voici. Vis ! Vis, je t'en conjure. Le combat ne fait que commencer. L'heure viendra de ton retour.

Je t'aime. Je crois que je t'aime.

Anna.

Journal de Stepan.

17 février 1887

Cette chère Anna. Sans nul doute, elle est ma plus fidèle alliée, et bien davantage si j'en juge par la dernière ligne de sa lettre, qui rend mon départ plus pénible, plus cruel qu'il n'est déjà. Car je pars. Ou à tout le moins, je quitte Pétersbourg. Tout à l'heure, en écartant le rideau, j'ai aperçu un homme sur le trottoir d'en face. Il fait semblant de vendre des petits pains. Je le sais, car il les vend trop cher et regarde à peine l'argent qu'on lui donne. C'est clair. Je suis surveillé. Me laissera-t-on seulement le loisir de me conformer à l'ordre du tsar ?

La nuit tombe. Liocha et moi sommes habillés de pied en cap. Nous n'emportons qu'une valise contenant l'argent et le strict nécessaire. Les malles nous encombreraient. Qui sait si Bourtsev ne m'a pas tendu un piège ? Liocha a recommandé aux autres domestiques de laisser les lumières allumées et d'aller et venir devant les fenêtres. On doit croire que nous sommes toujours dans l'appartement. Nous descendons à la cave en catimini. Elle communique avec celle de l'immeuble voisin par une porte qui ferme mal. Si la police n'a pas étudié le plan du pâté de maisons, elle doit ignorer cette issue. Du moins est-ce là notre vœu le plus cher. Nous débouchons à l'angle de Morskaïa. La rue est déserte, hormis une troïka garée sous un réverbère. Liocha fait mine de se diriger vers elle. Je le retiens par le bras. Sa présence ici est par trop suspecte. Je préfère m'éloigner furtivement et me mêler à la foule des grands boulevards.

Nous marchons quelque temps afin de nous assurer que nul n'a pu nous suivre. Puis nous hélons un traîneau anonyme. Direction la gare Nicolaï. Partir. Mais pour quelle destination ? Je n'y ai même pas songé. Jamais tintement de troïka n'a aussi lugubrement résonné à mes oreilles. Je n'ignore pas que la police secrète surveille l'endroit en permanence. Mais c'est une fin de semaine. Il y a foule. Quoi de plus naturel pour un jeune barine de passer le dimanche à la campagne en compagnie de son domestique à demi idiot ? Si l'on nous adresse la parole, j'ai décidé de ne parler que français, langue que je maîtrise assez correctement, et Liocha de bégayer autant qu'il peut. Les policiers n'aiment pas la complication et le français leur en impose toujours.

Nous montons dans le train de Moscou sans être inquiétés. Nous achèterons notre billet au contrôleur. Aucune minute à perdre. Je griffonne ceci tandis que le convoi s'ébranle. Que la chance nous accompagne.

LE MARAIS DE PINSK

Journal de Stepan.

18 février 1887

La nuit s'achève, lourde, poisseuse. J'ai peu dormi. Il fait si froid dans le wagon que les passagers se serrent les uns contre les autres. Le temps d'un voyage, la nécessité de trouver quelque chaleur abolit les convenances ordinaires. À deux reprises déjà, des douaniers sont montés dans le train pour vérifier les passeports[1]. Les nôtres sont en règle. Mais une lueur de soupçon brille par habitude dans le regard de ces fonctionnaires de quinzième ordre, qui vous met mal à l'aise. Qui sait si l'un d'eux ne va pas me demander de descendre pour l'accompagner au poste ?

Par bonheur, on nous laisse tranquille. S'il existe quelque contrordre me concernant, la lenteur de notre télégraphe a sans doute empêché son acheminement à temps. À travers la vitre crasseuse, j'aperçois les bouleaux parés de givre qui émergent de la brume tels des mâts de navires en perdition. L'aube frileuse répand une clarté glauque sur cet infini de

---

1. Il était alors nécessaire de détenir un passeport intérieur pour se déplacer.

neige. Ma chère Russie. Je ne peux partir. Tout mon être s'y refuse. Je suis fait de ta terre noire et mon âme y puise sa force. Que deviendrai-je loin de toi ?

Durant la nuit, j'ai élaboré un plan. Pas question de fuir tel un voleur. Je retourne chez moi, sur mon domaine, le temps d'écrire au tsar. Je dois lui raconter ma version des faits, invoquer sa clémence et dénoncer les calomniateurs. Anna me servira d'intermédiaire. Quelques jours. Je n'ai besoin que de quelques jours. Je me berce de cet espoir tandis que le train avale les verstes avec une désespérante lenteur.

À la gare de Moscou, il nous faut prendre la correspondance pour Smolensk. Peu chargés, il nous est facile de nous faufiler à travers la foule en déjouant l'éventuelle surveillance de la police. Nous nous réfugions dans un wagon un peu plus confortable que le précédent. Nous voici repartis. À mesure que la distance s'accroît entre Pétersbourg et moi, je reprends espoir. Je commence ma lettre. Les heures s'écoulent, identiques, monotones.

Au crépuscule, la petite gare blanche et familière de Kamarov paraît enfin dans le lointain. Soudain, Liocha qui a penché son nez par la fenêtre pousse un cri et me fait signe de regarder à mon tour.

– Batiouchka, les gendarmes !

Il a raison. Quatre hommes en uniforme sont plantés sur le quai et semblent guetter l'arrivée du convoi. Dans un mouvement de dépit, je déchire ma lettre. C'en est fait. Il leur était aisé de deviner le seul endroit où j'irais me réfugier. Qu'arrivera-t-il s'ils me prennent ? Autant ne pas l'imaginer. Mon accablement est de courte durée. Ils n'ont pas encore gagné la partie. Il faut agir, et vite. Je ne pourrai prouver mon innocence que si j'ai les mains libres. Une énergie nouvelle s'empare de moi.

– Liocha, il faut filer !

Difficilement, nous nous frayons un passage parmi les voyageurs encore assoupis, renversant bagages et casiers. Nous gagnons l'arrière du wagon, poursuivis par le caquètement des volailles effrayées et les insultes de leur propriétaire. Liocha ouvre la portière. La locomotive freine dans un hurlement de métal. À la faveur du nuage de vapeur, Liocha et moi sautons sur la voie, sans trop de mal.

Sitôt relevés, nous courons à travers champs. Je connais bien la région. J'ai tôt fait de rattraper la route qui mène à Terre-Noire. En apercevant le toit de ma maison, l'espoir me reprend... de courte durée, hélas. Les gendarmes sont là aussi. Ils ont forcé la porte et pénétré chez moi. Ils se livrent à une perquisition qui n'épargne rien. Ils jettent des objets par les fenêtres et en emportent d'autres en toute impunité. Les moujiks ont formé un cercle silencieux et observent, impuissants et craintifs. Seule notre cuisinière tente de s'opposer à l'intrusion, hurle et agite les bras.

Pauvre femme ! Comment pourrait-elle impressionner ces brutes ? Ils la repoussent sans ménagement.

– Batiouchka, il ne faut pas rester ici... Allez chez M. Joubert. Moi, je reste. Et quand ils auront le dos tourné, j'irai récupérer ce que je pourrai...

– Mon opéra, Liocha. Mon opéra...

– Oui, oui...

Je n'arrive pas à détourner les yeux du massacre. Mon piano émet une plainte déchirante. Je grince des dents. Je voudrais tous les abattre comme des chiens ! Liocha me prend dans ses bras.

– Je vous en prie Batiouchka. M. Joubert nous aidera. Si je ne reviens pas d'ici ce soir, partez sans m'attendre.

Je dois me rendre à l'évidence : c'est la décision la plus sage. La mort dans l'âme, je m'enfuis en direction de Kamarov. Je patauge dans la neige molle, tête basse, refoulant des larmes. Les poings serrés. Joubert est le dernier allié qu'il me reste. En arrivant sur sa propriété, j'entends ses dogues gronder. Ils me connaissent, mais mieux vaut tout de même qu'ils soient attachés. Joubert sait veiller sur son intimité. Je me dirige rapidement vers sa gentilhommière. Sans doute Joubert m'a-t-il aperçu par la fenêtre car la porte s'ouvre avant que j'aie le loisir de sonner. En me voyant, un large sourire illumine d'abord son visage... qui s'efface sitôt qu'il découvre dans quel état pitoyable je me trouve, sale et désemparé. Il s'empresse de me faire entrer et aboie après les domestiques. Il me conduit au salon et me fait avaler un brandy. Il me dévisage sans prononcer une parole. Il attend que je reprenne mon souffle.

– J'ai peur de vous apporter une foule d'ennuis. Mais je n'avais pas d'autre endroit où aller. Les gendarmes sont après moi. À l'heure où je parle, ils saccagent ma maison et pillent mes biens, ils ...

Un sanglot étouffe ma voix.

– Du calme, mon garçon. Tu es en sécurité ici. Liocha est-il avec toi ? Bien. C'est une bonne chose. Il est débrouillard. Tu vas d'abord manger. Il ne faut jamais réfléchir le ventre vide.

Il me fait servir une collation à laquelle je fais honneur. Je n'ai rien mangé depuis la veille. J'essaie de dérouler calmement le récit de mon histoire, sans omettre le moindre détail. Joubert m'écoute sans m'interrompre, mais à maintes reprises manifeste son indignation par des hochements de tête.

– Les idiots, les imbéciles ! finit-il par s'exclamer. Mon expérience de ce pays m'a appris une chose : la mesquinerie, les rancœurs, la vénalité y ont force de loi. Leur coup était préparé de longue date. À mon avis, ils ont attendu la mort de la Baronne pour donner le signal. Je connais la vieille. Elle aurait coupé court à tout cela d'un simple mot. Mais elle n'est plus là et te voici seul. Ton amitié avec ce Pripine faisait de toi une proie facile pour ces malfaisants. Tu es tombé dans leur souricière. Et ils ont dans leur manche un atout de poids. Votre police secrète, l'Okhrana, n'a pas d'équivalent en Europe. C'est un État dans l'État que le tsar même ne peut contrôler. Ce Bourtsev, cet espion, me semble un redoutable adversaire. J'ignore quelle carotte cette fripouille de Kusak a agitée sous son nez, mais elle doit être de taille à en juger par son zèle. Rien n'est pire que d'avoir un tel homme à ses trousses. Tu dois te faire une raison. Il te faut filer...

Il réfléchit un instant.

– La frontière polonaise présente de grands dangers. Elle est très surveillée. La route vers l'Autriche-Hongrie est la plus sûre. Je connais quelqu'un. Car pas question de miser sur ta seule bonne mine. Le télégraphe a peut-être fonctionné, pour une fois... Dès le retour de Liocha, nous agirons... Nous prendrons le minimum de bagages et nous nous rendrons à Pinsk en passant par les marais. Je les connais par cœur. De nuit, ce ne sera pas aisé. Mais avec de bonnes lanternes...

À cet instant précis, des coups violents ébranlent la porte d'entrée. Mon cœur fait un bond. Joubert soulève un sourcil et, posant sa pipe, appelle de sa voix tonitruante :

– Micha ! Micha ! Mon fusil ! Et détache les chiens ! Quant à toi, mon garçon, ne bouge pas d'ici.

Joubert va ouvrir. Je ne peux m'empêcher de me glisser dans l'encoignure de la porte pour observer la scène. Deux gendarmes sont sur le seuil de la porte. Ils n'ont pas l'air très à l'aise.

— Bonjour, Batiouchka. Nous...

— Qu'est-ce que vous fichez ici, à cette heure, vous autres ? Vous avez de la chance d'avoir encore vos fonds de culottes ! Après la tombée de la nuit, je sors les fauves.

J'ai toujours connu Joubert farceur et insouciant. Je le vois à présent sous un jour bien différent. Fusil sur l'épaule, la moustache en bataille, il domine ses visiteurs de sa stature de lutteur. Quelque part, les chiens grondent férocement.

— Hem... Nous recherchons des fugitifs. Le barine Tchakarov et son valet. Ils auraient sauté du train de Moscou. Des témoins ont affirmé que...

— Comme toujours ! tonne Joubert. À quoi êtes-vous bons, tas de fainéants ? À laisser filer les mauvais garnements. Étonnez-vous ensuite si les propriétaires achètent des armes et des clôtures. Mais attendez... Parlez-vous de mon voisin Stepan Petrovitch ? Le grand compositeur ? Êtes-vous tombés sur la tête ?

— Nous n'y pouvons rien. L'ordre vient de haut. Hem... et nous avons ordre de fouiller les maisons.

Le Français éclate de rire.

— Toi ? Sergueï Ivanovitch ? Tu veux fouiller ma maison ? Il ne te suffit plus d'importuner mes jeunes paysannes sur la route ? Tu voudrais fourrer ton vilain nez chez moi ?

– L'ordre vient de très haut...

– Et toi Ippolit Pavlovitch ? Tu veux que je raconte à ta femme de quelle façon tu titubais mercredi dernier en sortant de la taverne ? Si bien qu'il a fallu te mettre la tête dans un abreuvoir pour que tu arrêtes de brailler ? Alors Micha ! Les chiens, ça vient ?

Le dénommé Micha fait son apparition, littéralement traîné par les dogues patibulaires. À leur vue, les gendarmes pâlissent, saluent hâtivement et préfèrent tourner les talons.

– Ne craignez rien ! leur lance Joubert, goguenard. Si vos gaillards s'avisent de rôder sur mes terres, j'ai du répondant. Lâche les chiens, Micha ! Cela découragera les terroristes !

Aboiements féroces, fuite éperdue des gendarmes dans un cliquetis de sabres défaits, la suite de la scène se déroule hors de ma vue. Joubert revient, presque hilare.

– Nous en voilà débarrassés pour l'instant. Demain matin, ils reviendront, une fois leur courage revenu, avec des renforts de Tchernigov. Mais il sera trop tard. Vous aurez filé. Installe-toi sur le canapé en attendant l'heure du départ. La nuit sera longue.

Il tapote la crosse de son gros fusil.

– Dors tranquille. Je veille au grain.

Je ne tarde guère à m'assoupir.

... Une poigne de fer me secoue les épaules.

Je sursaute, m'attendant à voir des fusils et des uniformes. Il ne s'agit que de Joubert. J'ai dormi comme une souche.

– Debout jeunesse ! s'exclame-t-il.

Il a fière allure dans sa tenue de chasseur. Le fusil à la main, une cartouchière autour de la ceinture, il semble fin prêt à partir. Liocha est revenu. Quel soulagement !

– C'est l'heure, Batiouchka. Il nous faut partir. Regardez ! J'ai pu récupérer vos pistolets, l'opéra et une ou deux choses encore... Ces imbéciles de gendarmes ne m'ont même pas vu entrer. Ils étaient pourtant cachés tout autour de la maison.

Je voudrais le gronder pour avoir couru tant de risques. Mais le brave garçon semble si fier de son exploit... Et j'éprouve une certaine consolation à récupérer ces objets.

– Allons, dit Joubert, haut les cœurs !

En un clin d'œil, nous voilà prêts. Nous nous glissons au-dehors. Chacun de nous porte une lampe. La nuit est claire. Des nuages dérivent paresseusement, voilant la lune. Là-bas, les marais luisent faiblement. En cette saison, ils sont gelés. Il est périlleux de s'y aventurer car l'épaisseur de la glace varie considérablement. Joubert marche en tête, armé d'un alpenstock avec lequel il sonde le chemin. Il connaît cet endroit comme le fond de sa poche. Grand chasseur devant l'éternel, il passe le plus clair de ses loisirs à y tirer le gibier d'eau, le printemps venu. Nous n'aurions pu trouver meilleur guide.

Peu à peu, le sol durcit sous nos pas. Ici ou là, pourtant, on distingue des mares plus liquides où la neige se mêle à la vase pour former une tourbe inquiétante et verdâtre. Le relief devient inégal. Nous marchons d'un bon pas, compte tenu des difficultés et de l'obscurité. Soudain, Joubert se jette à plat ventre. Nous l'imitons aussitôt. Des lumières viennent de surgir de derrière un bosquet. Mon cœur cogne plus fort dans ma poitrine. Autour de nous, la végétation de fourrés rachitiques n'offre aucune cachette. Et par cette nuit claire, il ne faut pas un regard exercé pour déceler notre présence. Des voix nous parviennent étouffées, ne laissant subsister aucun doute sur l'identité de ces promeneurs nocturnes.

– Des gendarmes ! souffle Joubert. Aucun doute, ils en ont après nous !

Je distingue fort bien leurs inquiétantes silhouettes dans la clarté blafarde. Nous ont-ils vus ? Des minutes interminables s'écoulent. Un nuage vient voiler la lune, jetant une ombre bienvenue. Quand nous regardons à nouveau, la patrouille est passée. Mieux vaut ne pas nous attarder. Nous reprenons aussitôt notre route. Toute la nuit, suivant un itinéraire tortueux, nous franchissons cette étendue morne et bosselée. Quand nous atteignons Pinsk, fourbus, les pantalons trempés, il fait presque jour. Sans hésitation, Joubert nous conduit à travers les rues encore endormies, jusqu'à une maison basse du quartier commerçant. Il frappe à la porte avec le pommeau de sa canne. Un petit bonhomme édenté en chemise et bonnet de nuit nous ouvre, l'air ébahi.

– Monsieur Joubert ! Vous !

Le Français ne lui donne pas le loisir d'en ajouter davantage. Il le repousse vivement à l'intérieur.

– Voici Varlaam ! nous annonce-t-il. C'est un de mes anciens serfs qui s'est reconverti dans le négoce et n'a rien à me refuser.

– Rien ! répète le dénommé Varlaam d'une voix criarde.

– Varlaam, mon ami, tu vas conduire ce jeune barine et son domestique à la frontière austro-hongroise.

– Soit, je vais les conduire ! répond l'édenté avec un bel enthousiasme.

– Tu passeras par Dubno. Les douaniers te connaissent. Tu leur graisseras la patte. Voici de quoi arranger ton affaire.

Il fait tomber une bourse dans la main déjà tendue et se retourne vers nous.

– Ne vous fiez pas à son air sournois. C'est un brave homme. Moi, je dois rentrer. Mon absence pourrait paraître suspecte. Varlaam, prête-moi un cheval. Bonne chance, mes amis. L'étranger, ce n'est pas si mal, croyez-moi. En tout cas préférable aux citadelles du tsar. Bonjour de ma part aux Parisiennes. Je me rappelle que mon départ en consterna plus d'une...

Nous nous embrassons, le cœur serré. S'il

est exact que l'on reconnaît ses amis dans l'adversité, en voici un vrai, à coup sûr. Joubert s'éclipse. Varlaam est déjà passé dans l'étable qui jouxte sa maison et se hâte d'atteler un traîneau. Il a jeté pêle-mêle un tas d'objets hétéroclites à l'intérieur et nous enjoints de nous dissimuler parmi eux. Tandis qu'il rabat une bâche au-dessus de nos têtes, Liocha ronchonne :

– Celui-là ne me dit rien qui vaille. Je lui tords le cou à la première incartade !

Nous partons. Les fatigues de la nuit prennent le dessus. Je m'assoupis sans m'en rendre compte. Je suis réveillé par des voix. J'entends Varlaam discuter âprement. Ses interlocuteurs sont des douaniers, à n'en pas douter. Avons-nous atteint la frontière ? Sans doute. La peur me serre l'estomac. À mes côtés, je sens Liocha prêt à bondir. Car les pourparlers prennent un tour inquiétant. Les fonctionnaires tatillons désirent jeter un coup d'œil au chargement. Notre passeur récrimine, ce qui lui attire une réponse acerbe :

– Tu ne voudrais pas passer quelque contrebande, par hasard ?

– Batiouchki, si tel était le cas, je roulerais dans l'autre sens ! C'est nous, pauvres russes, qui manquons de tout, pas eux !

– Ah, c'est vrai ce qu'il dit là ! Pourtant, j'ai dans l'idée que si nous plantions un sabre dans ta bâche, à coup sûr on trouverait...

– C'est bon, c'est bon ! s'exclame Varlaam à

notre grand dam. Vous êtes de rusés compères, on ne peut pas vous la faire, hé ?

Discrètement, Liocha s'empare d'un chandelier en argent massif, prêt à nous défendre vaillamment. De mon côté, j'ai chargé l'un de mes pistolets. Un coin de bâche se soulève. À tâtons, une main maigre fouille fébrilement un cageot pour en extraire deux bouteilles de samogon[1] enveloppées dans un linge.

– Tenez, vous m'en direz des nouvelles...

Des rires fusent, de grasses plaisanteries... Les secondes s'écoulent, interminables et glacées. Varlaam remonte enfin sur son siège, fouette ses deux canassons et nous voilà repartis. Il neige. Mon pays s'éloigne tout là-bas, disparaît dans la brume frileuse. Quand le reverrai-je ? Je ne sais.

Lettre d'Anna adressée au tsar Alexandre III.

St Pétersbourg, le 18 février 1887

Votre Majesté,

Si je prends la liberté de vous écrire, c'est qu'il se commet en votre nom, en ce moment

---

1. Alcool artisanal de mauvaise qualité.

même, la plus cruelle des injustices. M. Tchakarov, le jeune et talentueux compositeur qu'il vous a plu d'apprécier tout récemment au Théâtre Maryinsky, se trouve la cible d'accusations qui ne sont que mensonges. On le dit compromis dans quelque complot visant à la sûreté de l'État. J'atteste sur mon honneur qu'il n'en est rien, que cette méprise est l'œuvre d'un coup monté. Puis-je solliciter de votre bienveillance l'espoir d'une audience ? Il me sera alors loisible de vous donner les preuves de ce que j'avance.

Je conjure Votre Majesté d'user de son influence en faveur de M. Tchakarov, qui lui est fidèle et loyal. Puisse Dieu éclairer la justice et soustraire l'innocent à un sort injuste.

Journal d'Anna.

26 février 1887

Ma lettre est restée sans réponse. Mon Dieu, je ne peux y croire ! Peut-on dans ce pays, sans procès ni jugement, condamner un homme sans lui donner une seule chance de prouver son innocence ? Je le jure ici solennellement : je n'aurai de cesse que de rétablir la vérité. J'userai toutes mes forces s'il le faut dans cette tâche.

Où peut se trouver mon cher Stepan à l'heure actuelle ? Du moins la police ne l'a pas arrêté. La nouvelle aurait été publiée, je suppose. Bien qu'avec la censure... J'espère qu'il a pu quitter la Russie sans encombre et qu'il m'écrira dès qu'il en aura l'occasion. Quelle souffrance doit être la sienne.

... Je viens d'avoir une pénible entrevue avec Volodia. Il est entré dans ma chambre sans même frapper. Je n'ai eu que le temps de dissimuler une lettre adressée au ministre de l'Intérieur qui était l'un des bons amis de notre mère. Mon frère semble de bonne humeur, s'assied à mes côtés, bavarde de choses et d'autres... et moi, j'ai peine à contenir mes larmes. Il ignore que je suis au courant de ses odieux agissements. Jusqu'à présent, je n'en ai rien laissé paraître. Soudain, il s'aperçoit de mon trouble :
– Eh bien ? s'exclame-t-il. Que se passe-t-il ? Quelque chagrin secret ? Parle ! Je ne veux pas te voir malheureuse, sœurette. Je dois reconnaître que j'ai eu des paroles idiotes l'autre jour. Ne m'en veux pas. Tu sais combien je suis prompt à m'emporter. C'est dans ma nature.

Je prends sa main, je la caresse. Nous sommes assis l'un contre l'autre, comme autrefois. Je le regarde au fond des yeux, dans l'espoir d'y retrouver l'enfant fragile et sensible que j'aimais, mon frère aîné qui écoutait mes vieilles histoires de sorcières et de palais enchantés. Je ne veux pas croire qu'il ait agi sciemment contre Stepan.

– Volodia, comment as-tu pu ?

Son sourire disparaît. Il ôte sa main de la mienne, ou plutôt, l'en arrache. Il se redresse. Un tremblement nerveux s'empare de lui.

– Voilà ! s'écrie-t-il. Tu recommences. Sitôt que j'essaie de me montrer doux et aimable avec toi, tu m'assailles de reproches et... tu... Tu me crois fou, n'est-ce pas ? Mère le croyait aussi, je le sais. Vous vous trompez ! Vous vous trompez tous !

Il éclate de rire. C'est sinistre.

– Volodia, écoute-moi. Je sais quelle part tu as pris dans cette machination. Oh, tu ne l'as pas conçue, bien sûr, mais tu as donné ton assentiment.

– Quelle machination ? De quoi parles-tu ?

– Kusak te manipule. Tu n'es qu'un pion entre ses mains. Pour l'heure, vos intérêts coïncident. Mais plus tard... Qui sait ce dont il est capable ? Il t'abuse, Volodia. Il est dangereux et sans scrupules. Tu dois m'aider à sauver Stepan.

Il hausse les épaules.

– Je ne sais rien sur Tchakarov. On raconte en ville qu'il a été prié de quitter la Russie pour quelque temps. Il aurait été accusé d'avoir fomenté un complot contre le tsar. Ma foi, c'est bien fait. J'avais prédit que cela lui arriverait. En quoi suis-je impliqué dans ses problèmes ?

– Ne me mens pas, Volodia. Tout cela, tu

l'as fait pour récupérer Terre-Noire. Que dirait Mère si...

Il se retourne d'un bloc, livide, effrayant.

– Mère est morte. Ne t'avise pas de te mettre en travers de mon chemin, sœurette, ou je t'écraserai comme une punaise sur un mur, oui, une simple punaise. Je suis le maître à présent. Et le sort de Stepan ne m'importe aucunement. Il n'a que ce qu'il mérite. Quant à toi...

Il se radoucit d'un coup.

– Quant à toi, Annouchka, j'ai des projets te concernant. Tu auras bientôt dix-huit ans. C'est un âge excellent pour le mariage. Des partis se sont déjà présentés, sais-tu ?

– Je pars, Volodia. Mes malles sont prêtes.

– Le prince Provatorov que je rencontre souvent au jeu m'a parlé de toi. Il t'aurait vue à un bal et, le croiras-tu, en garde un souvenir émerveillé. Nous allons donner une fête pour ton anniversaire. Et je l'y inviterai.

– Volodia, tu ne m'écoutes pas. Je pars. Je vais habiter l'appartement. Ce palais me donne la nausée. Je ne veux plus y demeurer.

Il s'approche de moi, me souffle au visage son haleine qui empeste l'alcool.

– Tu n'iras nulle part sans mon autorisation. Désormais, tu feras ce que je déciderai. Et pour l'heure, ce que j'ai décidé concerne le prince Provatorov.

Je juge inutile de poursuivre cette conversation par trop éprouvante. Je me lève sans un mot. Sur le pas de la porte se tient Kusak. Il me fixe d'un regard sans expression. J'aimerais le gifler. Sans doute a-t-il entendu la conversation. Peu m'importe. Je pars me réfugier dans la chambre de Mère. Macha me console. De nos anciens domestiques, elle est l'une des dernières à demeurer. Les autres ont été chassés par Volodia. La niania m'apprend qu'il a donné des ordres aux nouveaux venus afin qu'ils le tiennent informé du moindre de mes déplacements. Je suis prisonnière dans mon propre palais. Mes larmes coulent, si brûlantes qu'on dirait de la lave. Que vais-je faire ? Que vais-je devenir ?

LUMIÈRE ET TÉNÈBRES

Journal de Stepan.

1ᵉʳ mars 1887

Paris. Le train s'immobilise dans un soupir de fumée, au petit matin, gare de l'Est. Liocha et moi devons avoir l'air de vagabonds, sales et épuisés comme nous le sommes. Depuis Budapest, nous avons sauté de diligences en wagons, traversant l'Europe d'un trait, sans prêter la moindre attention aux paysages ni aux gens. Ce périple a absorbé une grande partie de mes économies.

De Berlin, où nous avons fait halte la veille, j'ai télégraphié à Simon Berthelot, mon agent de concert parisien. Je lui annonce mon arrivée et mon intention de résider quelque temps au Grand Hôtel. J'espère qu'il saisira l'appât tendu et me fera une offre pour diriger l'orchestre du Conservatoire. Plus question d'hésiter. Nécessité fait loi. Si je ne gagne pas rapidement de quoi subvenir à nos besoins, nous serons dans de beaux draps ! Car il faut se rendre à l'évidence : dix mille roubles, deux chemises, un nécessaire de toilette, des partitions, une paire de pistolets... c'est peu, même en réduisant notre train de vie.

Un fiacre nous conduit rue Scribe. À peine si je remarque au passage le nouvel Opéra, la beauté des avenues et leur animation. J'ai l'impression de m'agiter dans un rêve, où rien de ce qui m'entoure n'est vraiment réel. J'ai conscience que le Grand Hôtel est bien trop luxueux pour mes modestes moyens. Mais on dit que beaucoup d'aristocrates russes descendent ici et je dois donner le change. Il s'agit d'apparaître sous mon meilleur jour. On ne prête qu'aux riches, particulièrement ici.

À notre arrivée, un message de Berthelot m'attend. Il désire me rencontrer au plus vite et me propose un rendez-vous pour cet après-midi même. Allons, la chance semble à nouveau me sourire ! Notre chambre donne sur la place de l'Opéra et l'animation du carrefour offre un spectacle réjouissant. Liocha sort sur le balcon malgré le froid et s'exclame :

– Batiouchka ! C'est la plus belle ville du monde ! Vous allez dire : je ne connais que Moscou et Pétersbourg… Mais Paris ! Ici, vous deviendrez célèbre ! Les gens vous aimeront. Ils ne peuvent que vous aimer.

Je me garde de tempérer son enthousiasme. Le brave garçon est plein d'entrain. Le changement de pays, de mœurs, de climat, ne font rien à l'affaire : il n'a pas perdu une once de sa joie de vivre. Un rien l'étonne. Il est doué d'une faculté d'adaptation que je ne lui soupçonnais pas.

Berthelot arrive peu après le déjeuner. C'est

un bonhomme joufflu, au teint rouge, vêtu d'une veste à carreaux. Sa moustache vrillée aux extrémités se retrousse en un éternel sourire. Ses yeux pétillent de malice et d'un rien de roublardise. Il me serre vigoureusement la main et dépose son chapeau rond et sa canne sur le fauteuil.

– Maestro, vous ne pouvez savoir quel plaisir j'éprouve de vous voir à Paris. Mais pourquoi ne pas m'avoir prévenu plus tôt de votre arrivée ?

– En fait, je suis en France pour raisons de santé.

Il me regarde d'un drôle d'air.

– Peu importe. Je vous accapare, mon cher maestro. Si vous êtes d'accord, nous pouvons d'ores et déjà planifier certaines choses. Les nouvelles vont vite. Vous suscitez une grande curiosité. Les salons vous réclament. Mme Viardot qui, vous le savez sans doute, est l'amie de Massenet[1] et de Saint-Saëns[2], désire vous rencontrer. Elle est absolument charmante, vous verrez. Et surtout, elle sera pour vous un sésame utile. En peu de temps, vous serez ici comme chez vous. Peut-être même renoncerez-vous à nous quitter...

– Cher monsieur Berthelot, je vous remercie. Mais sachez que...

Je répugne à livrer le fond de ma pensée dans un torrent de lave. Je déteste les monda-

---

1 et 2. Compositeurs français. Jules Massenet (1842-1912), Camille Saint-Saëns (1835-1921).

nités, les salons et cette futilité débilitante qui y règne. Mais s'il le faut...

– Quand pourrai-je donner mon premier concert ?

Berthelot rit et allume un petit cigare au parfum âcre et entêtant :

– Eh bien, il faut en discuter, disons... trois semaines, et encore en bousculant le calendrier. Si vous m'aviez écrit auparavant... Êtes-vous si pressé ?

Il doit sentir que je suis vulnérable, aux abois, que sais-je, et suppute ses chances d'en tirer profit d'une façon ou d'une autre.

– Comme beaucoup de Russes, monsieur Berthelot, je souffre du mal du pays. Il me tarde de rentrer chez moi.

– Il fait beau, monsieur Tchakarov. Paris est au printemps quand Pétersbourg est encore au cœur de l'hiver. Vous verrez que mars est un mois bien agréable...

Nous discutons de détails techniques. Mes exigences financières lui semblent acceptables, ainsi que le programme que je souhaite établir et qui comporte mon concerto. Il va en faire part au directeur de l'orchestre. J'ai bon espoir que le projet aboutisse.

... J'ai écrit à Anna. Je pense que je peux me le permettre, que je suis hors de danger, hors d'atteinte. Je la rassure sur mon sort et lui demande des nouvelles de Iossip et des autres. Passage de l'Opéra, il existe un salon de lecture où les quotidiens russes peuvent être consultés. Ainsi je ne suis pas complètement ignorant de ce qui se passe dans ma patrie. Je n'ai trouvé aucune mention faite du sort de Pripine et des autres, à plus forte raison de moi-même. Sans doute la censure veille-t-elle. À moins qu'une telle opération policière soit si courante, si banale, qu'elle ne suscite qu'indifférence. Quel scandale ! Quelle honte !

Ma fierté est trop grande pour oser demander à Anna autre chose que des nouvelles. Pourtant, l'argent commence à faire défaut. Si je n'ai pas rapidement l'assurance que le concert aura lieu...

... Les jours s'écoulent, étirés par l'ennui, l'attente d'un signe favorable. Je me sens incapable de composer. D'ailleurs, le voudrais-je, je n'ai pas de piano à ma disposition, ni les moyens d'en louer un. Je répugne à sortir. La nuit, d'épouvantables cauchemars hantent mon sommeil. Je revois Iossip menottes aux poignets, Pripine en sang et la haute et sinistre silhouette de Bourtsev. Une foule vêtue d'oripeaux gronde et m'injurie. Le tsar lui-même, sur un trône de feu, me désigne d'un doigt vengeur. Je m'éveille d'un bond, pour trouver Liocha à mes côtés qui me tend un verre d'eau. Je lui ai fait acheter de la valériane[1]. J'espère passer des nuits plus calmes.

---

1. Racine d'une plante utilisée comme calmant.

... Deux semaines se sont écoulées depuis mon arrivée. Toujours aucune nouvelle de Berthelot. J'aimerais l'assaillir de messages. Non, je dois me contenir, patienter. Mes ressources, grevées par le grand train que je dois mener, s'épuisent. Si lundi, rien ne vient, il faudra songer à changer d'hôtel.

... Un sursis. Liocha a trouvé un travail. Il ne m'en a rien dit. Ce n'est pas grand-chose, un emploi de plongeur dans un restaurant, mais qui lui rapporte quelques dizaines de francs. J'ai voulu qu'il conserve son salaire pour ses besoins personnels. Il n'a rien voulu entendre. Mieux, il tient à m'inviter au restaurant. Il affirme qu'il n'est pas bon de rester ainsi enfermé à broyer du noir. Il a sans doute raison.

... Des heures durant, nous flânons sur les boulevards. Paris est une ville étonnamment gaie après le crépuscule. Rue de Rivoli, les nouveaux éclairages électriques parent les façades de gerbes mordorées. Les trottoirs sont envahis d'étudiants et de noceurs. De jeunes filles délurées n'hésitent pas à vous sourire, à vous toiser... Liocha ne manque pas de se retourner au passage des élégantes. Il règne partout une effervescence qui contraste avec la nonchalance pétersbourgeoise. Les fiacres défilent à la queue leu leu en un ballet interminable. Dans les brasseries se produisent des chanteurs populaires dont les rengaines semblent suspendues dans les airs. Quelle animation, quelle insouciance, quelle joie de vivre ! Comme tout cela contraste avec mon humeur morose…

Je ne peux détacher mes pensées de la Russie. De Terre-Noire. D'Anna. Anna. Le souvenir de notre dernière promenade hante mes heures de solitude. Ce baiser qu'elle attendait, je le lui donne, je le lui donne de tout mon cœur. Il est bien tard, hélas. Je réalise combien j'ai vécu avec un bandeau sur les yeux jusqu'à présent, aveuglé par la seule musique.

… Berthelot, enfin ! Les répétitions sont prévues pour lundi avec l'orchestre. Trois cents francs pour six concerts. Une misère mais je n'ai pas le loisir de refuser. La lumière, enfin !

… La voiture mise à ma disposition m'attend devant l'hôtel. Avec l'avance, je me suis offert un nouveau costume de manière à faire bonne figure devant l'orchestre et son chef Jules Garcin. En pénétrant dans ce lieu magique, j'éprouve un mélange de joie et d'appréhension. Les musiciens ont déjà pris place. Je suis accueilli par Garcin en personne, homme hautain, académique jusqu'aux bout des ongles. Il me fait un discours assommant sur les vertus de son orchestre et évoque les grands solistes qu'il a dirigés. On jurerait un enfant qui répugne à prêter son beau jouet. Berthelot est présent lui aussi. Il me fait un signe d'encouragement du fond de la salle. À ses côtés, quelques auditeurs à favoris et lorgnons ont discrètement pris place. Qui sont-ils, je l'ignore. J'ai l'impression de repasser mon examen.

Je décide que nous débutions par mon concerto. Je m'assieds devant le grand Pleyel de concert, fais craquer mes phalanges. Je suis un peu rouillé, j'en ai peur. Les instrumentistes ne me quittent pas des yeux. Certains affectent un sourire ironique. Ils me prennent pour un gamin, c'est clair. Je les salue brièvement. Garcin prend place sur l'estrade et agite sa baguette. Au bout d'un instant, je fais signe d'arrêter. Le tempo est beaucoup trop lent. Je regarde fixement les premiers violons.

– Je vous serais très reconnaissant de suivre scrupuleusement les indications sur vos parties. Chaque nuance est importante. Ne soyez pas aveuglés par la barre de mesure. Gardez de la souplesse. Du sentiment. Beaucoup de sentiment. Soignez le phrasé. Da capo[1].

Rumeurs. Sourires polis. Garcin se renfrogne. Nous repartons. C'est mieux. La qualité de l'ensemble saute à l'oreille. Les violons acides et les cuivres approximatifs des orchestres russes ne sont pas de mise ici. Dans l'andantino, je me permets une nouvelle fois d'interrompre :

– S'il vous plaît ! Clarinette, je n'entends rien. Violons, le phrasé est trop lâche. Je ne sens pas le drame. Il ne s'agit pas d'un

1. Du début.

concerto décoratif. C'est un opéra sans paroles. Reprenons à 108[1] voulez-vous ?

Par quelque miraculeuse alchimie, j'obtiens l'effet désiré et je me laisse griser par les sonorités charnues de mes partenaires. Je presse le tempo fougueux de la cadence, je dévale les arpèges, mes mains s'entrecroisent comme des papillons rendus fous par la flamme... Soudain, ma main gauche reste suspendue en l'air. Une lumière vive passe devant mes yeux. J'ai la tête qui tourne. Le clavier semble fuir sous mes doigts... Ou est-ce moi qui tombe ? La musique s'éteint. Pourquoi ? Pourquoi arrêtent-ils de jouer ? C'était si beau... Quand je reprends connaissance, je suis étendu sur le dos. Des visages sont penchés au-dessus de moi. J'éprouve une étrange sensation.

– Mon bras... Je ne sens plus mon bras !

– Ne vous inquiétez pas. Un médecin arrive.

J'ai l'impression que mon côté gauche tout entier est prisonnier d'un bloc de glace. Un homme à barbiche écarte le cercle qui s'est formé, fait sauter les boutons de mon costume tout neuf. Il est fou. Il ne sait pas combien cela m'a coûté !

– Je suis le docteur Paillet. Souffrez-vous ?

– Je ne sens plus rien. Plus rien du tout à gauche.

– Avez-vous reçu un choc ces derniers temps ? Un choc émotionnel, je veux dire ?

– Non.

---

1. Numéro de la mesure.

Je mens. C'est idiot. Ce n'est pas dans mes habitudes. Des étoiles dansent devant mes yeux. Le praticien se relève, se tourne vers Berthelot. Un silence accablé.

– Il faut le ramener à son hôtel. Et vous feriez aussi bien d'annuler la répétition...

25 mars 1887

C'est le matin. Il neige. Les toits sont recouverts d'une fine pellicule blanche pareille à du sucre glace. Étendu sur le lit, je contemple le ballet monotone des flocons. À mes côtés, Liocha a fini par s'endormir. Il m'a encore veillé cette nuit. La douleur s'est atténuée, mais la paralysie s'est logée dans mon bras gauche. Il gît, replié et inutile, dans une écharpe blanche. Je ne peux même pas remuer une phalange. Étrangement, je suis calme, plus calme que je ne l'ai été depuis bien longtemps.

Je promène mon regard dans la pièce. Sur la table de chevet s'entassent quelques télégrammes de sympathie. Les musiciens de l'orchestre. Je leur suis reconnaissant de se soucier de ma santé. Toujours aucune nouvelle de Russie. Mais les aléas de la poste du tsar sont tels qu'il ne faut pas s'en étonner.

Deux coups sont frappés à la porte. Liocha s'ébroue et court ouvrir. Le docteur Paillet apporte avec lui un peu de la froidure du dehors. Il dépose son manteau et sa canne et vient s'asseoir à mon chevet.

– Qui l'aurait cru, hein ? Nous étions déjà prêts à aller canoter, faire de la bicyclette et voilà que l'hiver n'avait pas dit son dernier mot. Une catastrophe pour les bourgeons !

J'esquisse un sourire. Le bon docteur hoche la tête.

– J'admire votre courage, jeune homme. Je crois savoir que les Russes accordent une grande importance au destin. Il faut continuer de croire en le vôtre. Quelles nouvelles, aujourd'hui ?

– Pas d'amélioration. Le froid a disparu. Mais j'ai beau me concentrer, je n'arrive pas à remuer le petit doigt. Combien de temps cela va-t-il durer ?

Le docteur soupire :

– Je préfère vous parler sans détour, mon jeune ami. J'ai l'habitude de soigner des musiciens. Ce genre de paralysie frappe parfois les pianistes, les chefs. Le cerveau fabrique un blocage, à la suite d'une commotion ou pour toute autre raison que notre médecine, en l'état actuel, est incapable de prévenir. Ceci peut être momentané, évoluer dans le bon sens... ou persister des semaines, des mois, des années peut-être...

– Vous voulez dire... que je ne pourrais jamais plus rejouer ?

– Je ne veux rien affirmer de tel. Mais il faut vous préparer à un combat difficile, douloureux. Personnellement, je vous conseillerais de partir en cure à Nice ou Vichy. L'effet apaisant des eaux thermales peut hâter la guérison.

J'éclate de rire. Un rire idiot. Un rire de désespoir.

– Je présume que c'est le destin. On ne peut rien contre lui. Il est le maître...

Le docteur me considère avec tristesse.

– Prenez ces gouttes. Une dizaine à chaque repas. Je reviendrai vous voir demain.

Il prend congé. Liocha a assisté à l'entretien. Il se tient debout, très pâle.

– Nous n'avons plus rien à faire ici, mon ami, lui dis-je.

– Quel malheur... Ceux qui vous on fait du mal le paieront un jour, vous pouvez me croire. Dieu ne laissera pas faire une telle injustice...

– Dieu ?

Dieu. Je l'avais oublié. Il ne m'a jamais vraiment été d'un grand secours.

– Fais nos bagages, Liocha. Nous partons. J'ai toujours voulu voir Florence. Je vais écrire à Anna. Par chance, j'ai encore ma main droite...

Liocha s'exécute. Que répondre ? Moi aussi, je songe à ceux qui, là-bas, doivent se réjouir de ma misère, de ma solitude. Leurs visages, un à un, m'apparaissent dans un brouillard de sang. Rêves de mort. De vengeance...

Lettre d'Anna.

St Pétersbourg, le 26 mars 1887

Mon cher Stepan,

Comme j'étais donc impatiente de recevoir de tes nouvelles. Je suis heureuse de savoir que tu es en bonne santé et que tu te reposes. Je suis certaine que tu reprendras bientôt goût à la composition et achèveras ton opéra. Tu me demandes des nouvelles de Pripine et de ton ami Iossip. En ce qui concerne Pripine, j'ai pu obtenir certains renseignements du ministère de l'Intérieur. Non sans difficultés. Il est vivant. Il a survécu à sa blessure. Il a été soigné à l'hôpital pénitentiaire. Mais son sort n'est pas enviable pour autant car il sera déporté en Sibérie dès qu'il sera en état de voyager.

Quant à Iossip, les autorités ont décidé de le relâcher. Il va bien. Il m'a écrit, ayant appris ton départ par la rumeur. La nouvelle l'a désolé. Il s'en veut. Il m'a raconté la nuit d'interrogatoires qu'il a dû subir. Ce fut une terrible épreuve, en vérité. Tu ne sais à quoi tu as échappé. Si tu n'avais fui, sans doute partagerais-tu le sort de tes camarades, enchaînés à la prison Kresty, en partance pour la Sibérie. Ou pire encore.

De mon côté, je multiplie les démarches. J'écris au tsar, aux ministres, à des relations de famille haut placées. Cela demandera du temps, j'en ai peur. Mais ne désespère pas. Nous, les Danilov, avons pour habitude d'obtenir ce que nous désirons.

J'aimerais tant être à tes côtés dans cette épreuve. Je sais combien cette disgrâce, cet éloignement injuste, t'accablent. Tout autre prendrait ce séjour forcé à l'étranger comme une distraction raffinée. Je sais qu'il n'en est rien en ce qui te concerne, que tes racines sont ici et que tu dois souffrir dans ta chair.

Ne rentre sous aucun prétexte. À peine aurais-tu passé la frontière que la police te mettrait la main dessus. Aie confiance, Stepan. Le temps du retour viendra. Tu as un allié à la cour. Pour l'heure, il est discret car sa position lui interdit toute initiative. Mais un jour, peut-être pas si lointain, il deviendra un géant et, devant sa volonté, tous devront s'incliner. Je veux parler de Nicolas, le tsarévitch. Il déplore ton bannissement, dit-on, et en a même pleuré.

Je t'embrasse tendrement.

 *Journal d'Anna.*

26 mars au soir

Voilà, c'est fait. Par l'entremise de Macha, j'ai pu expédier mon pli à Florence, poste restante, comme Stepan me l'a précisé dans sa dernière lettre. Ainsi qu'un billet à ordre à notre banque, là-bas. Je connais Stepan. Sa fierté est telle qu'il ne dira rien de ses ennuis domestiques. Quelle étrange idée de quitter Paris pour l'Italie. S'est-il produit quelque événement qu'il tient secret ?

J'ai préféré ne rien lui dire de ce qui se passe ici. *Le Chat Botté* a été retiré de l'affiche sans explication, malgré les protestations de Vsevolojsky. Quant à Terre-Noire, Volodia ne ménage pas sa peine pour tenter de faire annuler l'acte de cession. Et je crains qu'il n'y parvienne. Des notaires, des avocats défilent dans son bureau, ainsi que de hauts fonctionnaires. Quelques pots-de-vin judicieusement distribués peuvent obtenir des miracles.

Je suis toujours confinée au palais. Sitôt que je feins de sortir, ces canailles de domestiques me dénoncent sans coup férir. Ou bien Litrov surgit derrière moi. Il me répugne. Il parle peu, mais sa façon de me regarder me fait froid dans le dos. Sa seule présence me dissuade de passer outre aux ordres de mon frère auquel tous obéissent par crainte des mauvais traitements ou renvois. Je vis donc cloîtrée, coupée du monde extérieur, et nul ne peut venir à mon secours. Ma colère n'a d'égale que mon impuissance.

Kusak est parti en tournée d'inspection dans nos manufactures. Ceci m'a permis de me rapprocher d'Olga. De toute évidence, elle ignore ce qui se passe. J'ai cherché à la convaincre que son mari était à l'origine du départ de Stepan et que, moi-même, j'étais retenue prisonnière au palais car je savais trop de choses. Je pensais qu'elle serait mon alliée, qu'elle intercéderait pour moi auprès de Volodia. Je me suis lourdement trompée. Elle a levé les bras au ciel et poussé des hauts cris en m'accusant d'avoir la fièvre, de délirer... Comment peut-on être aussi aveugle ?

Mon frère est décidément étrange. Depuis ce matin, il est redevenu tout miel avec moi. Il vient de me faire savoir qu'un bal aura lieu pour mon anniversaire, soit dans deux semaines ! Il a envoyé des invitations sans même me consulter. Une surprise, a-t-il dit ! La vérité est qu'il n'a pas renoncé à sa dernière lubie. Il entend bien profiter de l'occasion pour me présenter son ami le prince Provatorov, un lointain cousin du tsarévitch à ce qu'il prétend. Sans doute un gandin débauché qu'il fréquente à son cercle de célibataires.

10 avril 1887

... Quel triste anniversaire je viens de vivre. Le bal a connu un franc succès. Le prince Provatorov m'a été présenté. Le garçon n'est pas odieux. Il serait même bien élevé et spirituel. Mais qu'il ait été autorisé à me faire la cour sans mon consentement en fait un ennemi à mes yeux. Je le lui ai dit nettement. Il s'est incliné sans insister et je lui en suis reconnaissante.

En revanche, mon frère l'a fort mal pris. Il me menace d'un régime plus sévère encore si je ne donne pas mon assentiment à le revoir. Ceci ne peut plus durer. Tout est prêt pour mon départ. Que dis-je ? Mon évasion. Macha va m'aider. Elle est la seule en qui j'aie toute confiance. J'irai à Moscou d'abord, ensuite... si le courage ne me manque pas, à Florence. Je veux aller retrouver Stepan, alléger sa détresse, devenir pour lui une servante, une amie, une sœur... si je ne puis devenir sa femme.

24 avril 1887

... Hélas. Macha m'a trahie. Mes projets ont été percés à jour. Je ne lui en veux pas. Litrov l'a forcée à parler. Il règne désormais sur tous les domestiques. À présent, je suis bouclée dans mes appartements. Mes protestations ne servent à rien et je ne puis que me morfondre, en ruminant ma rage et mon humiliation.

... Le seul que Volodia autorise à me voir est Guennadi. Le prince Provatorov, veux-je dire. Dans la situation présente, toute visite m'est une douce consolation. Moi qui étais habituée à la société et à ses divertissements, la solitude me pèse. Et Stepan n'est plus là. J'avoue m'être fait une mauvaise opinion du prince avant de le connaître. Je l'avais imaginé semblable aux compagnons de beuverie dont mon frère aime à s'entourer, ces dandys futiles et vaniteux. Au fil de nos rencontres, j'ai découvert un jeune homme gai, d'excellente éducation. Il est séduisant, je l'admets. Il avoue volontiers préférer la campagne à la ville et les plaisirs simples d'un intérieur douillet aux extravagances des salons à la mode. Il est très cultivé et nous avons une passion commune pour Pouchkine, sur lequel nous dissertons à l'infini.

Dans cette prison qu'est devenu le palais, chacune de ses arrivées me fait l'effet d'une bouffée d'air pur venue du dehors. Nous lisons à voix haute, ou jouons du piano, ou bavardons de tout et de rien. Il me sert aussi de messager. Il est au courant de mes démarches pour tenter d'obtenir la grâce de Stepan ou, à tout le moins, le réexamen de cette affaire. Je sais Guennadi très épris de moi. Jamais cependant il ne se permet la moindre familiarité, le moindre sous-entendu. Il semble se contenter de cette amitié naissante et du réconfort qu'il me procure. Il sait que mon cœur est pris. C'est un homme d'honneur. Je puis me fier à lui.

Maintenant, il vient presque chaque jour. Son assiduité a quelque chose de touchant. En sa présence, Litrov doit déguerpir car il ne l'aime guère et le lui a fait sentir. Il semble avoir également pris ses distances avec Volodia, auquel il a reproché devant moi son attitude à mon égard. Piqué au vif, mon frère envisage à présent que nous puissions sortir nous promener. Aussi Guennadi s'efforce-t-il de me distraire. Il me tarde d'aller au théâtre, au restaurant, au bal !

J'entends des pas. Le voici sans doute. Et je ne suis même pas prête !

MASQUES DE CARNAVAL

Journal de Stepan.

Florence, 26 mars 1887

Le carnaval bat son plein. La Piazza della Signoria grouille de monde. Adossés à la paroi granuleuse du Palazzo Vecchio, des baladins ont dressé leurs tréteaux rudimentaires. C'est à qui, des avaleurs de feu, des montreurs de singes ou des jongleurs, aguichera le chaland. La fontaine de Neptune est prise d'assaut. Un couple masqué en tenue de soirée s'enlace entre les chevaux marins, dans l'indifférence générale. Pour quelques nuits, la rue appartient aux noceurs et aux saltimbanques. Aristocratie et populace se mêlent dans la même poursuite du plaisir, sous l'anonymat des costumes de théâtre. Ici on croise Pierrot, là Colombine. Des masques, des masques partout... Et le vacarme, la musique, assourdissants.

Je me fraie un passage parmi ces visions grimaçantes. Faut-il donc que partout la joie des autres me nargue de cette façon ? Mille doutes m'assaillent. Ai-je été bien inspiré de quitter Paris ? Florence est sale, morose. Elle ressemble à une vieille femme trop poudrée, que la première pluie dénudera de ses fards.

Je n'avais pas prévu de tomber en plein carnaval. Les hôtels affichent complet. Où dormir ? Les farandoles qui sillonnent les rues tentent de nous entraîner dans leur tourbillon échevelé. Cette effervescence me dégoûte.

– Par ici, Batiouchka ! crie Liocha.

Il dégage un passage avec force coups d'épaule. Nous finissons par nous extraire de la foule ivre pour gagner la tranquillité relative d'une ruelle qui longe l'Arno[1]. J'ai hâte de trouver un logement. Non que je sois las, mais parce que brutalement, dans le train, l'envie de composer m'a de nouveau saisi. Nous traversons le Ponte Vecchio. Des fêtards vêtus en Pierrot et Arlequin nous lancent des confettis. Affalés contre les murs sales, des gamins rieurs, en guenilles, se partagent le fond d'une bouteille.

Après plusieurs tentatives infructueuses, nous dénichons une modeste pension de famille dont l'enseigne pend pitoyablement contre la façade jaune et fissurée. Par miracle, une chambre est vacante. Le tenancier, bonhomme épais comme un jambon, roule des yeux en considérant notre équipage. Il repère mon accent russe tandis que je rassemble mon maigre italien pour lui faire comprendre nos désirs. Il hoche la tête, croyant sans doute avoir affaire à quelque prince venu incognito profiter des joies frivoles du carnaval. Il courbe

---

1. Fleuve italien qui passe à Florence, à Pise et se jette dans la Méditerranée.

l'échine et promet de fournir à « ces illustres signori » tous les accommodements qu'ils souhaiteront. Je le prends au mot :
– Même un piano ?
– Un piano ? Signore… Mais pourquoi pas ? Si l'on paye d'avance, ajoute-t-il avec un large sourire.

Liocha, dubitatif, s'acquitte de cette formalité et inscrit nos noms sur le registre.
– Un bon piano, répété-je. J'insiste. Demain.

L'hôte louche sur les liasses de lires qui s'entassent devant lui et acquiesce béatement à tout.

À la poste restante, j'ai reçu une lettre de ma chère Anna et aussi un billet à ordre qui pour un temps me soulage de mes tracas financiers. Elle aura deviné que nous sommes dans le besoin. Je lui rendrai cet argent, un jour. J'ignore quand.

La chambre est décrépite. Des cafards rôdent dans tous les coins. Peu importe. Je ne suis pas venu ici pour passer du bon temps mais pour composer mon opéra. Finalement, l'immobilité dans laquelle m'a tenu mon accident a été propice à l'inspiration. Je ne cesse de songer à Hamlet. Le destin tragique de ce prince hanté par l'idée de la vengeance, poussé par le spectre de son père, ne m'a jamais paru si proche, si intimement lié à mon propre sort. Je me sens à présent capable de lui insuffler une vie véritable, nourrie avec mes propres souffrances.

... Trop chaud pour dormir. J'ouvre la fenêtre. Je m'accoude à l'appui, les yeux fixés sur le flot sombre et impassible de l'Arno. L'aube pointe derrière les montagnes dénudées. Il me semble que la musique broie mes tempes. Je m'installe à la table. Hélas, je manque de papier à musique. Je n'hésite pas à arracher mes manchettes, mon faux col amidonné pour griffonner dessus. En peu de temps, ils sont à leur tour noircis de portées et de lignes mélodiques. Les scènes de mon opéra m'apparaissent et défilent devant mes yeux dans une lumière crue, presque effarante. J'ignore si je veille ou si je rêve. La silhouette du spectre, la brume du cimetière où, tenant le crâne de Yorick, Hamlet s'abîme dans la contemplation de la destinée humaine...

La vengeance mène à la perte. C'est une pente tortueuse, aride, qui inévitablement plonge dans le gouffre. Les arpèges de violons déferlent dans mon crâne comme un appel lancinant, implorant, s'opposant aux menaces cuivrées des éléments déchaînés. Course haletante, folle, inutile. Tout arrive ensemble : mélodie, harmonie, orchestration. Je serre les poings de rage en notant la partie des timbales.

– Bonjour, Batiouchka...

Je conçois un quintette qui opposerait Laërtes, le Roi, la Reine, Ophélie et Hamlet dès l'acte I. Pourtant, on ne peut vaincre la volonté du Destin. Jamais. Quand l'heure est venue, il n'y a rien à faire.

– Batiouchka...
– La paix, par pitié ! La paix !
– Mais... Vous écrivez sur la table, Batiouchka...

Hamlet, seul, se dresse contre l'orage déchaîné, brandit son poing. Tel doit être l'Homme. Il doit combattre jusqu'à la limite de ses forces, ne jamais désarmer, lutter toujours, jusqu'à l'extinction... Je reviendrai en Russie, je le jure, et ceux qui m'en ont chassé, qui m'ont pris mes terres, ceux-là le paieront avec leur sang.

– Batiouchka. Le piano ! Il est en bas !

Je me redresse brusquement, cligne des yeux, tremblant. Hagard. Il fait grand jour. Devant moi s'entasse une pile hétéroclite de faux cols, de mouchoirs, de pages d'agendas. La réalité... Quelle est-elle ? Ici ? Ou là-bas ?

Je balbutie.

– Veux-tu... veux-tu bien t'en occuper, Liocha ?
– Batiouchka... Vous vous sentez bien ?
– Mais oui, évidemment ! Va vite ! Il me faut ce piano !

L'instrument est hissé par la fenêtre grâce à un palan, ce qui provoque un attroupement dans la rue. Je fais enlever la moitié des meubles pour lui faire une place. Dans mon enthousiasme, je gratifie tout le monde d'un pourboire, même ceux qui n'ont fait que donner de la voix. Je teste le clavier. Las, l'instrument est désaccordé. Peu importe...

... Je ne sors que rarement. Enfermé à double tour, je noircis des pages et des pages de musique. Liocha reste près de la fenêtre, silencieux, observant le dehors. Le piano résonne parfois des heures entières. Je m'interromps, je reprends. Plus vite. Jamais je n'ai connu une telle frénésie de composer. Je suis au bord du délire, de la folie, que sais-je ? À coup sûr, je traverse des océans de pensée où peu de gens s'aventurent. Terrifiant et savoureux. Est-ce que je perds l'esprit, moi aussi ? Hamlet, le prince vengeur, le prince hagard, est devenu une sorte de double.

Parfois, je m'arrête, je m'étire. La mer semble se retirer en moi.

– Que regardes-tu dehors, Liocha ?

Le pauvre garçon sursaute. Je ne lui adresse presque plus la parole. Je dois faire un odieux compagnon.

– Rien, Batiouchka. Il me semblait... Mais je dois me faire des idées. Il y avait en bas un brocanteur hier et aujourd'hui, un aiguiseur de couteaux. Notre fenêtre semble le point de rendez-vous de tous les camelots de passage...

Je hausse les épaules. J'enfile mon manteau. J'ai appris à ne me servir que de mon seul bras droit et je ne suis pas si maladroit. C'est avant tout une question d'entraînement. Mon fatalisme a repris le dessus. Je me dis que cela aurait pu être ma jambe. Voilà qui est bien russe !

– Est-ce que nous sortons ? interroge Liocha.

– Mon premier acte est achevé. Et je veux fêter cela ! Il fait beau. L'air frais nous fera le plus grand bien.

Liocha approuve avec joie. Nous descendons. Au passage, le patron, l'air embarrassé, me fait savoir que mon tapage dérange les autres pensionnaires. Eh bien ? Que m'importe ? J'offre quelques billets en guise de dédommagement. Et qu'on ne vienne plus me déranger avec ces sornettes !

Une calèche découverte attend devant la maison. Je suis de bonne humeur. J'ai soif de nouveaux paysages. Je suis trop longtemps resté confiné dans ma chambre. Nous prenons la direction de la Piazzale Michelangelo. Toute la journée, nous visitons les magnifiques environs. La vallée est superbe. Sur les collines où rôde l'odeur pénétrante des oliviers, seule la cacophonie des criquets rompt le silence.

Nous sommes de retour au crépuscule. Comme nous descendons de calèche, fourbus et gais, Liocha semble se raidir. Il fixe un point par-dessus mon épaule. Je lui demande, insouciant :

– Eh bien, qu'as-tu ?

Je me retourne. La rue est déserte. Les ombres s'agglutinent sur la berge.

– Rien... Il m'avait semblé... Batiouchka, avez-vous écrit en Russie, récemment ?

– À Anna. À Iossip, également. À eux seuls. Je n'ose m'adresser aux autres par crainte qu'ils aient des ennuis.

Mon Liocha hoche la tête.

– Depuis quelques jours, nous sommes surveillés, j'en suis sûr...

Je m'exclame :

– Quelle drôle d'idée ! Qui pourrait s'intéresser à nous dans cette ville qui grouille d'étrangers ?

– Ces jours derniers, je suis resté derrière la fenêtre. J'ai vu deux hommes qui faisaient le guet en bas, à tour de rôle. J'ai cru reconnaître l'un d'eux à l'angle, à l'instant.

Je me fie à Liocha. Il n'a pas pour habitude d'inventer des histoires pour se faire peur. Sitôt rentré, je me poste derrière le rideau, guettant le moindre mouvement au-dehors. Mais la rue est vide.

16 avril 1887

Mon opéra avance, comme aucune autre de mes compositions. J'ai écrit à Berthelot pour lui faire part de ces progrès. Il m'a répondu qu'il se faisait fort de proposer le projet à l'Opéra de Paris. L'Opéra de Paris ! Je rêve déjà. Berlioz, Wagner, Verdi, les plus grands auteurs lyriques du siècle ont soupiré après la scène parisienne, la plus prestigieuse d'Europe. Je fais confiance à Berthelot, non parce que je suis dupe de sa sympathie intéressée, mais parce qu'il trouverait son compte dans cette affaire.

Pour l'occasion, je décide d'aller fêter cette

belle perspective au restaurant. Liocha est ravi de l'aubaine. La vérité est qu'il s'ennuie à mourir. Florence n'est pas Paris. Le carnaval est passé, balayant son cortège de fêtards et de débauchés. Les ruelles sont rendues à leur inquiétant silence, à leur étouffante moiteur. Dans certains quartiers flotte l'odeur de l'ordure et de la crasse. Je songe à partir dès que mon opéra sera achevé. J'ignore pour quelle destination.

Nous dînons dans un modeste établissement. Nos moyens ne nous permettent pas de faire bombance. Nous commandons des pâtes et du chianti. L'alcool nous égaie quelque peu. Comme à l'accoutumée, nous rentrons par le Ponte Vecchio. J'aime cette promenade. L'Arno, à la tombée de la nuit, se pare de velours bleuté. La lune s'y reflète comme une perle oubliée. Avec Liocha, nous parlons du passé. Nous évoquons les chevaux de la baronne Danilov, les plaisirs de l'été ukrainien. Nous nous rappelons avec mélancolie les longues randonnées, les visages d'autrefois. La Russie revient dans toutes nos conversations. Comment en serait-il autrement ?

– Merci, Liocha, dis-je soudain. Tu es mon ami le plus fidèle. J'ignore ce que je deviendrais sans toi. Mais écoute... Jamais je ne t'en voudrais si tu décidais de retourner chez nous. C'est moi, l'exilé, et non toi. Rien ne t'empêche de partir. Je sais ce que tu vas dire... Mais je te demande d'y réfléchir.

Liocha pâlit soudain. Brutalement, il m'écarte du bras. Deux hommes viennent de surgir de l'ombre, affublés de masques de carnaval. Je vois scintiller des poignards. Un cri se fige sur mes lèvres. Je n'ai que le temps de me jeter de côté. Une lame transperce mon manteau. Je saisis le poignet de mon adversaire et le tord de toutes mes forces. L'homme rue et se débat. Je le ceinture de mon seul bras valide. Il est beaucoup plus fort que moi et se dégage. Je vais être vaincu lorsqu'un coup de feu claque. Mon adversaire tombe à la renverse, criant de douleur, l'épaule en sang.

Liocha se tient debout, un pistolet dans chaque main. Par précaution sans doute, il s'est muni de mes armes. Hélas, avant qu'il n'ait le temps de tirer de nouveau, l'autre masque se tourne contre lui et le frappe de son couteau. Mon pauvre ami s'affaisse. Un cercle rouge grandit sur sa poitrine. Le sicaire[1] le repousse et fait volte-face. Il a un drôle de sourire sur les lèvres. Je ne puis secourir mon ami qui gît à présent, immobile sur le pavé. Le sicaire me barre le passage, agite sa longue lame. Je recule contre le parapet. Il bondit. Je pare. Privé de mon bras gauche, je ne peux lui tenir tête bien longtemps, mais je parviens à arracher son masque. Son visage est celui d'une brute sanguinaire aux yeux noirs, au nez busqué. Il porte un anneau à l'oreille. Nous tan-

---

1. Tueur à gages.

guons, haletants, embrassés dans une étreinte mortelle. Il me soulève de terre. L'acier me frôle le cou. Dans une seconde, c'en sera fait de moi. Il ne me reste qu'une issue.

Je parviens à me dégager et bascule dans le fleuve. L'eau noire s'entrouvre. Tout s'estompe...

Journal d'Anna.

St Pétersbourg, 10 mai 1887

Olga va mal. Depuis quelque temps déjà, elle manifeste d'inquiétants signes de fatigue. Ce soir, durant le dîner, elle a eu un malaise. Macha a dû la conduire dans sa chambre. Mon beau-frère s'est contenté de soulever un sourcil intrigué, comme s'il était du dernier inconvenant de s'évanouir à table. Puis il a tamponné délicatement ses lèvres avec sa serviette et poursuivi sa conversation interrompue avec mon frère. Depuis son retour de tournée, il est plus renfermé et plus inquiétant que jamais.

D'ordinaire il prend soin de m'éviter. Mais hier, tandis que je me trouvais dans la bibliothèque, il s'est glissé derrière moi sans un mot et m'a fait sursauter.

– Excuse-moi, mon enfant... Je ne désirais pas te faire peur. Que lis-tu donc ? Pouchkine ?

Ma foi, une saine lecture pour une jeune fille. Ce n'est pas comme Dostoïevsky, cet illuminé !

Voilà bien la première fois qu'il prend garde à mes goûts littéraires.

– Je me suis laissé dire par ton frère que tu avais quelque penchant pour le prince Provatorov. Est-ce vrai ?

– Il a l'élégance de me distraire. En quoi cela vous concerne-t-il ?

– Cela me concerne s'il s'agit de ton bonheur. N'es-tu pas la sœur de ma tendre femme ?

Sa bienveillance affectée me fait bouillir de colère.

– Allez au diable ! Et remerciez le ciel que je ne sois pas un homme, car si je l'étais, vous trouveriez demain votre malle prête devant la porte. Je sais tout, entendez-vous ? Je sais de quelle façon vous avez agi pour porter préjudice à Stepan... Ce complot, ces arrestations sont votre œuvre ! Vous ne pourrez éternellement me garder prisonnière ici...

– Non... répond-il d'une voix doucereuse. Non, c'est la vérité. Mais voilà : si vous vous avisiez de révéler quoi que ce soit, votre frère serait compromis et l'honneur des Danilov, terni à jamais. Vous avez le sens de la famille. Vous ne direz rien. Allons, bientôt, vous quitterez le palais pour vivre votre vie. Songez donc à l'avenir. Tchakarov ne vous aurait rien apporté de bon. Un jour, vous remercierez le sort qui l'a éloigné de vous...

– Vous n'êtes qu'un reptile. Mère m'avait prévenue contre vous et elle avait raison. Elle avait vu clair dans votre jeu...

– Vous me faites un mauvais procès, mon enfant. Je sais que nous n'avons jamais été très amis. Votre mère, paix à son âme, se trompait sur mon compte. Elle était vieille Russie. Elle n'a jamais vraiment accepté mon mariage avec Olga. Je la comprends, remarquez bien... C'est vrai, j'ai été son domestique, et plus encore...

Son sourire me fait frémir.

– Vous m'écœurez. Retirez-vous.

Il s'incline légèrement et sort sans un mot. Cette entrevue m'a glacée. Ces insinuations sont abjectes.

11 mai 1887

Olga est sérieusement souffrante. Il ne s'agissait pas d'un simple malaise. Elle ne quitte plus sa chambre depuis hier. Son état m'inquiète. Les docteurs réservent leur diagnostic. Ils redoutent le choléra. Le seul mot m'a pétrifiée. Ces derniers temps, on a parlé d'une recrudescence de ce fléau dans le sud du pays, sur les côtes de la mer Noire. Périodiquement, une épidémie se déclare et ses ravages sont d'autant plus importants que les autorités semblent s'en désintéresser. À Pétersbourg, nombre de gens s'en vont encore puiser l'eau dans la Neva, sans prendre aucune précaution.

De tout mon cœur, j'espère qu'il ne s'agit que d'une fausse alerte. Car malgré nos désaccords, elle m'est toujours chère.

14 mai 1887

Suis restée au chevet d'Olga. Elle tremble. Elle est dévorée par la fièvre. Les docteurs semblent désarmés, pris de court... L'inquiétude a gagné tout le palais. On brûle des cierges et de l'encens. Macha prie. Entre deux défaillances, ma pauvre sœur appelle son mari. Il vient, lui prend la main en silence. Il veille personnellement à ce qu'elle prenne ses potions et interdit quiconque de le remplacer dans cette tâche. La souffrance de son épouse l'émeut-elle enfin ? A-t-il une âme sous son apparence de glace ? Volodia est assis dans un coin de la chambre, la tête basse, croisant et décroisant ses doigts. Par moments, il pleure. La chose est si soudaine, si...

... Une semaine déjà que la maladie s'est déclarée et le diagnostic des médecins est toujours flou. Ce sont des imbéciles ou des incapables, je ne sais. S'il s'agit du choléra, les symptômes en sont bien mystérieux. Parfois Olga se tord de douleur. Parfois elle voudrait se lever et parle avec animation. Ses traits sont jaunes et creusés. Kusak met toujours un soin particulier à lui faire prendre ses médicaments régulièrement.

… Rechute. Terrifiant. Olga se débat dans ses excréments, hurle à se casser la voix. Le prêtre est venu. Il n'y a plus d'espoir. Je ne suis pas certaine que ma pauvre sœur ait eu conscience de sa visite. À présent, elle gît, immobile et légère au fond de son lit. Hors du monde, déjà.

… Tout est fini. Trois heures du matin. Chagrin et sommeil m'écrasent. Je tombe.

25 mai 1887

Quelle étrange chose. Les obsèques de la pauvre Olga ont eu lieu dans la même église, selon le même rituel que celles de ma mère, quelques semaines plus tôt. Les mêmes gestes, les mêmes visages, à l'exception de celui de Stepan. Il me manque. En ces instants de profond chagrin, j'aurais tant aimé qu'il fût à mes côtés. Je n'ai aucune nouvelle de lui. A-t-il quitté Florence ? J'ai écrit à ce Berthelot qu'il m'a décrit comme son agent. Il ignore également ce que Stepan est devenu, mais il m'a révélé qu'il avait écourté son séjour en France suite à un accident sur lequel il ne me donne aucun détail. Voilà qui ne fait qu'attiser mes angoisses. Je redoute un malheur.

Malgré les circonstances, je continue de harceler les gens en place pour obtenir l'annulation de l'ordre d'exil qui frappe Stepan. À ce jour, le tsar n'a pas daigné me répondre. Mais il le fera, j'en suis sûre. Autre sujet de chagrin, Volodia a obtenu ce qu'il désirait. Il a pu faire annuler l'acte de cession de Terre-Noire consenti par mère à Stepan. Ainsi le domaine retombe-t-il dans notre patrimoine. C'est triste à pleurer.

... Je suis reconnaissante à Guennadi de m'avoir soutenue en ces pénibles instants, avec son tact et sa discrétion coutumiers.

1er juin 1887

... Le tsar m'a accordé audience. Tout s'est fait très vite, par l'entremise d'un de ses chefs de cabinet. Le nouveau deuil qui frappe notre famille, ajouté à l'influence de Guennadi, ne sont pas pour rien dans ce revirement. Sa Majesté m'a reçue non au Palais d'Hiver, mais dans la résidence de Tsarskoïe Selo où il aime à venir se reposer de la charge du pouvoir. Je l'avais approché plusieurs fois, quand j'étais petite. J'en gardais le souvenir d'un géant. Il a vieilli, mais sa raideur militaire, son geste rare et brusque, en font un personnage encore imposant. Il m'a parlé comme à une enfant, gentiment, sans élever la voix. Il a écouté mon plaidoyer pour Stepan avec bienveillance, jouant à merveille le rôle de père protecteur qu'il aime affecter avec ses administrés. Mais il m'a répondu :

– Ma chère, vous semblez faire un drame d'une mesure provisoire ! Vous me dites que ce jeune garçon ne peut souffrir de rester loin de son pays. Savez-vous que l'exil est un luxe que mon aïeul refusa même au grand Pouchkine malgré ses supplications ? M. Tchakarov n'est pas dénué de talent. Mais il a joué les écervelés. Il est gravement compromis dans cette affaire. On m'en a fourni le rapport détaillé. Je veux bien admettre qu'il ait agi par légèreté plus que par malveillance. Feu votre mère, pour laquelle j'avais la plus grande estime, n'aurait pu avoir d'affection si profonde pour un garçon gagné par des idées révolutionnaires. Ni vous même... Vous verrez, l'exil ne lui fera pas de mal. Les voyages aguerrissent l'âme des jeunes gens. Je le sais par expérience, ayant beaucoup voyagé moi même quand j'étais jeune.

– Mais sire, en attendant, on le spolie de ses terres, de ses biens. Et l'on retire ses œuvres de l'affiche ! Chaque jour qui passe le détruit !

– Allons, ma chère. Il reviendra quand la sagesse aura dominé ses emportements. Cette promesse vous suffit-elle ?

Que dire ? Que faire d'autre qu'acquiescer sottement, quand il est clair que le monarque ne veut pas revenir sur sa décision, ni admettre qu'un espion de sa police secrète, cette pieuvre abjecte, puisse avoir vendu son âme à des intérêts privés. Si seulement Volodia n'avait pas trempé dans tout ceci, offert sa caution, son argent, j'aurais pu donner de plus amples détails sans nuire à notre nom... Quel tourment ! Quel dilemme...

Le courage me manque pour la première fois. Combien de temps cela durera-t-il ? Combien d'années, de longues et douloureuses années Stepan restera-t-il au loin ? Et qu'adviendra-t-il à son retour ? Si le tsar se souvient jamais de celui qui fut l'espace d'une nuit la coqueluche, l'étoile de St Pétersbourg.

LA SORCIÈRE DES MAQUIS

Journal de Stepan.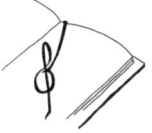

(Sans date)

Où suis-je ? Des images confuses s'entrechoquent devant mes yeux : l'éclair des poignards, la fumée sortant des pistolets, Liocha gisant sur le pavé, cette chute interminable... La Mort. La Mort qui m'enlace étroitement. Étrange et funeste valse. Un instant, j'ai vraiment cru qu'elle parviendrait à me retenir dans les profondeurs glacées. Je ne sais par quel miracle j'ai pu échapper à son étreinte. Je me souviens avoir regagné la surface à bout de souffle. Les lumières de Florence avaient disparu. Des branches pendaient au-dessus de ma tête. Je m'y suis agrippé avec ma seule main valide et me suis échoué sur la berge. Ensuite, plus rien...

J'ai soif. Tour à tour, je grelotte et suffoque de chaleur. La fièvre. Sitôt que je ferme les yeux, cette même vision... Mais la Mort s'est éloignée à présent, je le sens. Un pouvoir l'a chassée. Je repose sur une natte de paille, enroulé dans une couverture, à l'intérieur d'un cercle de pierre. Il fait toujours nuit. Un grand feu écorche le ciel, dont je puis sentir le souffle brûlant sur ma figure. Agenouillée devant lui, la silhouette d'une femme aux longs cheveux gris. Elle me tourne le dos. À intervalles réguliers, elle s'incline, les bras levés, front contre terre... Prie-t-elle ?

Liocha ? Où donc est Liocha ? Le pauvre garçon doit dormir encore. Il est exténué, à force de me veiller nuit et jour. Pourtant, c'est inutile. Mon bras restera tel qu'il est, mort. Glacé. La Mort a réussi à se lover dans mon bras. Mais elle n'aura pas le reste. Non, car le reste n'est que haine. Et la haine peut repousser la Mort.

J'ai peine à maîtriser le cours impétueux, délirant, de mes pensées. Il ne peut s'agir de Liocha. Liocha est mort. Je l'ai vu tomber. La musique... La musique envoûte à nouveau mon esprit. Un orchestre entier déferle sous mon crâne !

La femme se tourne lentement vers moi... Elle est vieille, vêtue d'oripeaux. Ses longs cheveux filasse masquent en partie sa figure fripée. Elle s'approche en marmonnant dans une langue inconnue. Elle m'asperge d'un liquide fumant. Sa main maigre, aux ongles longs, me tâte le visage, en suit les contours. D'autres silhouettes emplissent à présent mon champ de vision, de noirs esprits qui ricanent à voix basse. Ils flottent autour de moi sans toucher terre. Je voudrais crier mais ma langue reste soudée à mon palais. La vieille fait un geste et ils se dissipent comme un nuage de fumée. Un grand calme m'envahit. Ma vue se brouille à nouveau.

... Le jour perce les ténèbres. Je reviens à la vie. La fièvre s'est dissipée. Je porte un pansement rudimentaire au cou, juste sous l'oreille gauche. La lame m'a raté de peu. Ces visions de la nuit dernière, je n'ose croire qu'elles étaient réelles. Je suis étendu à l'intérieur d'une cabane aux murs de pierres. Au-dessus de moi, un toit de tuiles rouges. Un feu brûle dans la cheminée. Comment suis-je arrivé jusqu'ici ? Je ne me rappelle rien.

La porte s'ouvre soudain et une silhouette voûtée, familière, se dessine à contre-jour. C'est elle, la vieille femme de mon rêve ! Elle me considère un instant avec intérêt puis, hochant la tête, dépose sa besace sur la table.

– Te sentite bene ?

Sa voix est rauque, prenante. Je rassemble mon italien et mes esprits.

– Est-ce vous qui m'avez trouvé ?
– Oui... trouvé... sur le bord de la rivière. Presque mort. Avec de l'eau dans les poumons... Et une balafre au cou. Le fleuve souvent charrier des cadavres. Comme tous les fleuves. Le Nil aussi... autrefois. Mais le Nil a ses fossoyeurs...

Je ne comprends pas bien de quoi elle parle, d'autant qu'elle a un accent curieux, exotique. Peut-être a-t-elle l'esprit dérangé.

– Est-ce vous qui m'avez soigné, cette nuit... Le feu... et ces ombres, ces...

– Quel feu ? me répond-elle avec un sourire. Quelles ombres ?

L'aurais-je rêvé ? J'en doute. Elle ôte mon bandage. Dans le creux de sa main, elle malaxe une motte de terre humide et parfumée, puis l'étend sur ma plaie. Je grimace.

– Garde ça. Médecine efficace.

Elle avise mon bras inerte.

– Mais pour ce bras, pas pouvoir grand-chose. Il faut magie plus puissante que la mienne...

Elle me tend une écuelle de bouillon que j'avale à grands traits, en me brûlant la langue.

– Cette nuit, homme trouvé mort sur le Ponte Vecchio... Un étranger. Comme toi.

Je frissonne. Je baisse la tête.

– C'était mon ami... Il s'appelait Liocha. Nous avons été attaqués. Ils portaient des masques de carnaval. L'un d'eux a été blessé. Quant à l'autre, j'ignore si... Je suis Russe. Je m'appelle...

La vieille m'interrompt :

– Non. Celui que tu étais est mort. Le fleuve a gardé son corps, comprends-tu ? Il te faudra trouver un autre nom. Mi chiamo Francesca, ajoute-t-elle. Me dicon strega[1]...

Elle part d'un rire sec, comme si elle trouvait cela du dernier comique. Son regard brille d'une curieuse façon. À coup sûr, c'est une femme peu ordinaire. Il n'est pas étonnant qu'on lui attribue des pouvoirs magiques. Moi-

---

1. *Je m'appelle Francesca. On me dit sorcière.*

même, je serais prêt à le croire. Je suis certain de n'avoir pas rêvé, la nuit dernière. C'était elle qui se prosternait devant ce grand feu, invoquant quelque force mystérieuse tapie dans les ténèbres.

La boisson qu'elle m'a donnée commence à produire un drôle d'effet. La tête me tourne. Je voudrais parler, mais j'ai l'impression d'avoir une pierre sur la langue. Je chavire.

– Dormi, fratello mio, entends-je. Ascolta la voce dei spiriti[1].

... Quand j'ouvre à nouveau les yeux, je suis seul. Jamais je ne me suis senti si reposé de ma vie. Une vigueur nouvelle fourmille dans mes membres. J'ai envie de me lever. Rejetant la couverture, je tente de me mettre sur mes jambes. J'ai peut-être présumé de mes forces. Qu'importe. Je titube jusqu'à la porte. Le crépuscule descend des montagnes alentour en vagues brunes. La cabane de Francesca est perchée sur un versant de rocailles qui vibre de l'appel des cigales.

En bas, l'Arno décrit une boucle paresseuse qui prend une teinte cramoisie sous la caresse du couchant. Le vent fait frissonner les buissons. L'air est sec, doux, empli de multiples senteurs. J'ai toujours aimé cette heure entre chien et loup. À Terre-Noire, je sortais chaque soir sur la véranda pour... À quoi bon ressasser ces vieilles et douloureuses images ?

---

1. *Dors, mon frère, écoute la voix des esprits.*

– Souffrir tant de rester loin de chez toi ?

Francesca s'est glissée à mes côtés. Aucun doute, elle a suivi le cours de mes pensées, lu en moi comme dans un livre ouvert. Curieuse femme, décidément.

– La Russie, c'est bien loin, dit-elle.
– Dans mon cas, plus loin encore que vous ne le pensez.
– Tu y retourneras.
– Sans doute. Mais quand ? Le tsar lui-même a signé mon ordre d'exil. Et je songe à ceux qui en ce moment même doivent fêter mon absence...
– Le destin des hommes prendre parfois mille détours, mais comme la rivière, toujours trouver chemin de la mer. Tu retourneras chez toi.
– Savez-vous lire l'avenir ?
– Rentre. N'use pas tes forces toutes neuves.

Francesca m'a préparé un vrai repas avec du jambon, du fromage et des fruits. Je dévore comme cela ne m'est pas arrivé depuis bien longtemps. Mon chagrin n'a pas disparu, mais il s'est atténué, par je ne sais quel charme. Et j'ai pleinement conscience qu'il me faut désormais veiller sur moi-même, regagner des forces pour la tâche qui m'attend et que je me suis juré d'accomplir.

Après dîner, Francesca pose un ballot sur la table, dont elle dénoue les attaches sans un mot. Je n'en crois pas mes yeux. Il s'agit d'une partie de mes affaires laissées à l'hôtel :

quelques vêtements, objets personnels, mais aussi, surtout, la partition de mon opéra. Il y a même la boîte des pistolets. Vide, hélas. Ma gorge se serre. Pour la première fois, je sens des larmes monter à mes yeux. Les pièces sont sans doute tombées aux mains de nos agresseurs. Francesca m'observe en silence.

– Gli Amici...

Les amis. Des amis à elle sont allés récupérer mes effets. Qui sont-ils ? Comment savaient-ils où je logeais ? Elle ne me donne aucune précision à ce sujet. Quels étranges alliés ai-je donc trouvés ici, parmi ces montagnes sauvages ? Francesca me fait asseoir près du feu. Elle ouvre une boîte, en vide le contenu devant moi : six haricots noirs qui semblent se tordre comme des limaces dans le creux de sa main. Non, c'est sans doute une illusion d'optique. Ils sont parfaitement inertes. Avec son index, elle dessine rapidement un cercle dans la cendre et lance les graines.

– Ton avenir... murmure-t-elle. Ma mère et sa mère avant elle savaient voir au-delà des choses et du temps. Talent ancien dans notre famille. Depuis les pharaons...

Les haricots roulent. Francesca tressaille. Elle me dévisage d'un air étrange.

– Vendetta, laisse-t-elle échapper. Pas bon. Toi nombreux ennemis vers la pendule d'Orient. Nombreux, oui. Ils ne te craignaient pas jusqu'alors. Mais cela viendra quand ils verront ton fantôme. Oh... oh... jeune fille amie, aimée, aimante. Ombre d'un grand roi planer sur ton destin. Grand roi, oui, et puissant. Mais l'ombre se retirer avec la marée du siècle. Une autre grandira. Un grand changement vient. Du sang. Tant de sang...

Je reste perplexe. Promptement, comme si elle craignait d'en avoir trop dit, Francesca ramasse ses haricots.

– J'aimerais moi aussi apprendre à lire dans l'avenir...

Elle hoche la tête.

– Pour celui qui devine le destin du monde, il n'est que chagrin et souffrance.

– J'aimerais quand même.

– Le temps n'est pas encore venu.

Sur ces mots, elle s'en retourne vaquer à ses occupations, me laissant seul avec mes interrogations.

... Je ne dors pas. Il est tard. J'entends la pluie tomber au-dehors à grand fracas. Francesca se tient accroupie devant le feu mourant. Par intermittence, elle lève les bras au ciel, perdue dans l'une de ses mystérieuses incantations. Un coup de tonnerre ébranle la montagne.

... Des jours ont passé. Je suis complètement rétabli. La blessure de mon cou s'est refermée. Sans doute en garderai-je la cicatrice à vie. Je devrai me laisser pousser la barbe. Détail étrange : je viens de remarquer que mes cheveux ont prématurément blanchi sur mes tempes. J'ai changé. J'ai peine à me reconnaître moi-même. Mon visage est plus pâle, mes joues plus creuses.

Je n'ai nulle part où aller et Francesca semble m'apprécier. Aussi, je m'attarde chez elle. Je me charge de la corvée de bois et des menus travaux. Elle me témoigne l'affection d'une grand-mère. Une grand-mère qui communique avec les esprits une fois la nuit tombée et ne se sépare jamais d'un puissant fusil lorsqu'elle parcourt le maquis. Quel âge peut-elle avoir, je l'ignore. Mais elle fait preuve d'une énergie que lui envieraient de plus jeunes.

Elle possède quelques chèvres dont je m'occupe aussi et cultive un jardin à l'arrière de la maison. Une fois par semaine, elle descend vendre ses maigres récoltes en ville, les jours de marché. Je l'accompagne, désormais, déguisé en paysan des montagnes, un large feutre me couvrant la moitié du visage. Revoir Florence m'a d'abord fait une drôle d'impression. À présent, je suis habitué. J'imite les Toscans et je comprends leur dialecte. Dans la rue, je dévisage chaque passant, dans l'espoir de reconnaître les assassins de Liocha. Je suis certain de pouvoir identifier celui qui m'a blessé. En vain. Peut-être ont-ils déjà quitté la région. Je dois me faire une raison. J'ai peu de chance de jamais les retrouver.

Liocha a été enterré dans une fosse commune en l'absence de toute réclamation. Dès que j'aurai un peu d'argent, je lui offrirai une sépulture décente, digne de sa loyauté. Il me manque.

– Amici. Cacciatori.

Francesca me rassure. Des amis. Des chasseurs. Je me suis dressé à l'approche du groupe d'hommes et de mules. Ils viennent des collines et non de la ville. Ils ont la peau tannée par le soleil et le grand air, des mines farouches et peu avenantes. Ils sont vêtus de gilets noirs. Ils portent le béret et arborent un fusil de gros calibre. Francesca les salue tour à tour. Elle semble bien les connaître et même heureuse de les voir. Elle se tourne vers moi et répète à mon adresse :

– Amici, amici...

Je n'aime pas leur air. Ils s'asseyent à l'entrée de la cabane et fument tout en discourant en patois. D'après ce que je peux comprendre, ils arrivent de la côte. Ils parlent d'arrivages et de marchandises, mais ils n'ont rien de représentants de commerce. Ils sont discrets, parlent à voix basse et me tournent ostensiblement le dos. À coup sûr, ce sont des contrebandiers.

Je m'éloigne. Après tout, ceci ne me regarde pas. Un long moment, ils s'entretiennent de leurs affaires avec Francesca. Je ne suis pas très étonné qu'elle soit en cheville avec de tels compères. Plus tard, ils établissent un campement. De toute évidence, ils ont choisi de rester. Je sens que l'heure est venue pour moi de m'en aller. Profitant de ce que Francesca est seule, je lui annonce mon intention.

– Non non, répond-elle. Nous partir tous ensemble. Toi venir.

– Qu'est-ce que cela signifie ? En quoi puis-je me rendre utile ?

– Les amis acceptent que tu nous accompagnes. Toujours besoin main-d'œuvre. Et toi, où aller sans argent, sans famille ?

Elle a sans doute raison. Mais je n'ai jamais fait de contrebande de ma vie. Jusqu'alors, je n'ai vécu que pour la musique. Mais ici, la musique me semble appartenir à un autre monde. À une vie antérieure. Tant de choses ont changé en moi. La haine a tout recouvert. Tout figé.

– Les amis savent des choses, ajoute-t-elle. Ils connaissent beaucoup de monde. Ils t'aideront à retrouver tes pistolets et aussi les hommes qui vont avec.

En disant cela, elle a jeté du feu sur mes blessures !

– Je viens.

– Bene, nous en profiterons pour te trouver un nouveau nom. Tu es toscan, à présent. Comment s'appeler ton village de naissance ?

– Je n'en sais rien. Mais je viens d'un endroit appelé Terre-Noire...

– Terre-Noire... Terra-Nera. Voilà ton nouveau nom : Terra-Nera.

... Nous partons à l'aube en direction de

Pise. Nous suivons la rive gauche de l'Arno, évitant les grandes routes. Les hommes sont peu bavards et en tout cas évitent de m'adresser la parole. Ils se méfient de moi. Je me méfie d'eux. Chacun sait à quoi s'en tenir. Malgré son âge, Francesca marche en tête. J'ai parfois le sentiment que c'est elle le chef de la bande. Ils se font appeler les Negri. Ils doivent ce surnom à leurs gilets noirs. Ils sont apparemment connus de la police, car sitôt un gendarme en vue, nous devons nous cacher. Étrange destin pour un jeune compositeur que de voyager en compagnie de tels hommes !

... Pise. La ville est agréable. Le climat y est doux. Nous n'y restons que deux jours. Je ne suis pas mis au courant de ce qui se trame. En pleine nuit, on me secoue par les épaules. Il est l'heure. L'heure de quoi ? Dans la cour, les mules sont prêtes. Nous voici repartis. Nous gagnons une plage située plus au nord. Nous nous postons derrière des rochers. Francesca surveille la mer. Au bout d'un moment, elle tend son bras. Un navire approche, tous feux éteints. Il vient quasiment s'échouer sur la grève.

Aussitôt, mes compagnons forment une chaîne jusqu'à lui. Des marchandises sont débarquées avec une rapidité exemplaire. Pas un mot n'est échangé avec les visiteurs. Francesca veille à la bonne coordination de l'opération. Debout sur un rocher, elle donne les ordres et les hommes lui obéissent au doigt et à l'œil. Je prends part au transport des denrées : armes, tabacs, bibelots volés, sans doute commandés par des amateurs d'art. En moins d'une demi-heure, les ballots sont chargés sur les mules. Le lougre[1] appareille et nous, nous repartons pour Florence.

... Cette existence sur les chemins, dans les montagnes, m'est salutaire. Les longues marches, les exercices de toutes sortes m'ont rendu plus vigoureux, plus résistant. Le soleil toscan a tanné ma peau autrefois si blanche. Vêtu en paysan, un bonnet rapiécé penché sur le coin de l'oreille, je me mêle à la population sans être remarqué. D'abord méfiants à mon égard, les Negri ont fini par m'adopter. Mon habileté au pistolet n'est pas étrangère à leur revirement. Lors d'un concours de village, j'ai obtenu la victoire malgré mon bras invalide et une certaine célébrité au sein du groupe. Du coup, on me considère un peu comme le second de Francesca. Je pars souvent seul, en reconnaissance, ce qui m'évite de transporter les ballots. J'apprends à lire à ceux qui le veulent bien. Et même des rudiments de solfège ! On me demande des avis, des conseils.

Le soir, autour du feu, mes compagnons aiment entendre mon histoire. Ils aiment que je leur parle de cette Venise de neige et de glace qu'est Pétersbourg. Ils hochent la tête en tirant sur leur pipe. Je parle en italien, ou en fran-

---

1. Petit bateau (de pêche ou de cabotage) à trois mâts.

çais. Certains de ces rudes gaillards ont travaillé comme manœuvres dans le Sud de la France, avant de revenir sur leurs terres natales, malades du pays. Ils me comprennent, car ils savent la souffrance d'être loin de chez soi. L'autre soir, l'un d'eux a murmuré :

– La mort est préférable à l'exil. Vendetta pour ceux qui t'ont obligé à partir, camarade.

– Vendetta, ont répété les autres, en traçant une ligne imaginaire avec un pouce sur leur gorge.

… La police est sur nos traces. Impossible de me rendre à Rimini pour l'instant. Peu importe. L'Italie n'est pas assez grande pour soustraire les assassins de Liocha à leur sentence. Pour l'heure, les Negri doivent se séparer et fuir chacun de leur côté. Nous nous reverrons dans quelques semaines, dans quelques mois, quand les choses se seront un peu calmées. Me voici un hors-la-loi pour la seconde fois.

Avec Francesca, nous avons trouvé refuge à Palerme, dans un hôtel discret donnant sur la mer. Je m'essaie à achever mon opéra. Hélas, l'inspiration me fuit. Comme compositeur, je ne suis plus bon à rien. Ma vieille amie me regarde m'échiner. Elle affirme que la musique reviendra. Pour m'occuper, elle a décidé de m'initier à son art de la divination. Elle prétend que j'ai un certain don. Elle me considère un peu comme son fils.

(Dernier feuillet du journal)

... Cette inactivité me pèse. Contempler la mer, d'un bout à l'autre de la journée, en imaginant ce qui se trouve là-bas, au-delà, hors d'atteinte, me rendra fou. Mais je sais que la patience m'est nécessaire. Chaque nuit, je songe à mon retour. À ma vengeance. Je reverrai Terre-Noire, et Anna, et tous les autres dont les visages hantent mes cauchemars. Ce jour arrivera, forcément. Je l'attends. Ils ont chassé un renard, ils retrouveront un loup ...

DANS LA COLLECTION CASCADE PLURIEL

LE CHEVALIER DE TERRE-NOIRE
Michel Honaker

Tome 1
L'ADIEU AU DOMAINE
Tome 2
LE BRAS DE LA VENGEANCE

UNE VIE À TOUT PRIX
Roger Judenne

L'AUTEUR

Michel Honaker est né en 1958 à Mont-de-Marsan dans les Landes. Très tôt, il consacre beaucoup d'efforts à détourner ses cahiers de classe du droit chemin en les truffant de textes ayant peu de rapports avec les équations ou la trigonométrie, auxquelles il vouera toujours une farouche aversion.

Avec un stylo oublié par un oncle vampire, il se lance dans le fantastique sulfureux et écrit une trentaine d'ouvrages consacrés au genre par des voies aussi détournées que le thriller ou la SF. À l'heure actuelle ce dangereux maniaque d'opéra et de musique classique est activement recherché pour détournement de lecteurs sages.

Il a en particulier publié *La sorcière de midi*, *Croisière en meurtre majeur* dans la collection Cascade Policier et *Le prince d'ébène* dans la collection Cascade Aventure.

Achevé d'imprimer en janvier 1996
sur les presses de Maury-Eurolivres S.A.
45300 Manchecourt
Dépôt légal : janvier 1996
N° d'éditeur : 2673
N° d'imprimeur : A96/52144 A